家精选
读的精品散文
划

那一树藤萝花

阿滢◎著

读书，须与现实社会相接；读书，要读出人情味来。
以文会友，以书交友。

知識出版社

图书在版编目(CIP)数据

那一树藤萝花/阿滢著. —北京:知识出版社,
2011.10

ISBN 978-7-5015-6296-1

Ⅰ.①那… Ⅱ.①阿… Ⅲ.①散文集—中国—当代
Ⅳ.①I267

中国版本图书馆 CIP 数据核字(2011)第 191060 号

策　　划　刘　嘉
策划编辑　马　强
责任编辑　张　磬
责任印制　李宝丰
封面设计　晴晨工作室

知识出版社出版发行
地　　址　北京市西城区阜成门北大街 17 号
邮政编码　100037
电　　话　010-88390732
网　　址　http://www.ecph.com.cn
印 刷 厂　三河市兴达印务有限公司
开　　本　1/16
印　　张　14
字　　数　180 千字
印　　次　2011 年 10 月第 1 版　2024 年 6 月第 3 次印刷

ISBN 978-7-5015-6296-1　定价:58.00 元

目　录

第一辑　昨日星空

第二辑　书缘情缘

第三辑　城市蠹鱼

第四辑　书林漫步

序

□ 马旷源

四年前，接读阿滢散文集《寻找精神家园》之后，我曾写过一篇《泰山阿滢》。最后一段写道：

泰山是中国古代传说中的众鬼归宿（不是地狱，地狱是佛教带来的）。早年读李广田的散文《山鬼》，在奇丽的野花闲草后面，隐藏着一个悲惨的人间故事。阿滢有幸生活在泰山脚下，他的文章便有了野花的艳丽与人间的真情，再加上山鬼的凄艳，阿滢有福了！

先阐释几句：中国的鬼都，最早在度朔山，执掌者是神荼、郁垒。《楚辞》称为“幽都”，谓：“后土所治也。”但无地域方位。东汉起始，搬到了泰山。管事者是泰山府君，泰山令。唐宋时期，升格为东岳大帝。民间传说甚至认为，泰山神是阎罗王的上司。西汉以来，佛教传入中国，带来了地狱与十殿阎王的传说。后来者居上，渐渐顶替了泰山神。但中国的神只也未闲着，又将本土化鬼都搬到了四川丰都。

李广田，山东籍作家，著名散文家。曾任云南大学校长。“文革”中遭迫害而死。出版过散文集《画廊集》、《银狐集》、《雀蓑集》、《灌木集》、《金坛子》、《西行记》、《日边随笔》及长篇小说《引力》等。《山鬼》（误。应为《山之子》）写泰山故事：哑巴一家，以靠从悬崖上采摘野百合花卖给游客维持生活。他的爷爷、父亲先后从悬崖上掉下摔死（传说被山鬼捉了去），但哑巴仍“子承父业”，还得从这条死路上去谋生。

今年，一连得到阿滢两本新书：《九月书窗》（台湾秀威资讯科技股份

有限公司出版）、《秋缘斋书事》（三编）（中国文化教育出版社出版）。很快看完，有些不满足，还想多读几本，想想有些好笑，阿滢又不是印书机，怎么能够一年出书数本？老母鸡还要打抱呢。不料，阿滢还真的不休息，连续作战，又要出新书了。日前来电话，命我为其新著作序。惊喜之余，连忙答应，又连忙搜集材料，搜索枯肠，来写这篇序。

阿滢的勤奋有目共睹。下海，我不知道他是亏是盈。但回过头来做书，日记中常常反映出来的窘困，看来并未发财。编刊物，一方面团结四方宾朋，弘扬一方乡土文化；另一方面受尽主管部门的憋屈，还要千方百计拉赞助，不舒心，也不省心。此中滋味，我太有同感、苦感了。所差者，勿需找钱耳。但他仍然兴致勃勃，一路高歌向前。写了那么多散文、书话，还有天天上网的日记。这即是鲁迅所说的“韧”。一点一滴，点点滴滴，做出成绩，做出实绩。让嫉妒者、眼红者自己去跳楼。

《那一树藤萝花》是一部记人散文集，记读书人、写书人故事。这就决定了它的特质：书香味。书如果读痴了，是读不出《聊斋》里的美女来的。读书，须与现实社会相接；读书，要读出人情味来。以文会友，以书交友。阿滢的两部散文集《寻找精神家园》、《九月书窗》，体现出的正是这一种特质。《那一树藤萝花》中，当有更精彩演示。

阿滢待友，有山东人的共性。如王国华所说：“他怀着一颗向善之心，与人为善，称兄道弟，称师道友，敬重着每一个与他打交道的人。”（《〈秋缘斋书事〉三编·序》）但这只是阿滢性格的一个方面，如果只有这一个方面，梁山泊也就集结不起一百零八条好汉了。阿滢还有刚决、刚硬的一面。他写《小豆棚》作者曾衍东，我看正是他的夫子自道：

曾衍东……仕途坎坷，直至 50 岁迟暮之年由人举荐，任湖北江夏县令，后调任巴东县令。曾衍东个性清高、倔强。他曾在《日长随笔》中写道：“人所不能做的，我偏要做去；人所不能减的，我偏要减去。”这种性格在中国官场的遭遇是可想而知的。63 岁那年，因断案而触怒巡抚，而他坚持“此官可去案不移”，终被降罪罢官，流放温州。

长江上游千峰万岭遭砍伐，云南今年大旱。自 3 月 1 日始，我即率工作组赴双柏县抗旱。无钱，惟“督查”而已。一查抗旱经费必须分分厘厘到位，二查不能渴死一人一畜。每日在哀牢山深处行走，读人生这本大书，也读尚存于深山密林中的“仁义礼智信”。山东圣人孔子曰：“礼失，而求诸于野。”底层中人的仗义与自我牺牲精神，在在令我感动，时时让我热泪盈眶。故近来不读书，读人。心甘情愿大写“歌德”诗，情不自禁高唱：“上帝在民间。上帝就是人民。”然而，这已是现实，不是书事了。

2010 年 5 月 11 日于风啸斋

第一辑

昨日星空

被误解的梁实秋

梁实秋一生创作了大量的脍炙人口的文学作品，独自一人完成了翻译《莎士比亚全集》的浩大工程。然而几十年来，他却一直是以反动文人的面孔出现在鲁迅作品和《中国现代文学史》中。直到 80 年代后期，大陆才解除出版梁实秋作品的禁令。梁实秋长期被人们所误解，与 30 年代他与鲁迅等人的两次著名的论争有关。

第一次是和鲁迅关于文学的阶级性的论争。梁实秋指出鲁迅在翻译中“死译”的毛病，并在《文学有阶级性吗?》一文中称“资产是文明的基础”，“拥护文明，便要拥护资产”，“一个无产者假若他是有出息的，只消辛辛苦苦诚诚实实的工作一生，多少必定可以得到相当的资产。这才是正当的生活斗争的手段。”这本是千真万确的语言，却被扣上了在竭力维护资产制度和资本家利益的帽子。冯乃超撰文骂梁实秋是资本家的走狗。梁实秋在《资本家的走狗》一文中说：“说我是资本家的走狗，是哪一家资本家，还是所有的资本家?还不知道我的主子是谁。”本来是一场文学论争，最后竟成了对人格的攻击，鲁迅骂梁实秋是“丧家的资本家的乏走狗”。由于鲁迅后来被人为地奉为了“神”，所以他的一句话就为梁实秋定了“成分”——反动文人。解放前夕，他到台湾师范大学教书，他的作品在大陆遭到封杀，留在大陆的子女也受到株连，遭到迫害。

当时的左翼作家叶灵凤在《现代小说》第三卷第三期发表了以《梁实秋》为题的小说，丑化梁实秋。并在《萌芽》杂志上发表文章说：“梁实秋说他是无产阶级。这真有点使人担心呢！不曾面聆梁教授的人，听我随便述点这位无产阶级的起居罢，我只说一句话，请你们拟想这位人物罢：

一部汽车——翠绿的，崭新的，而且里面垫着为我们都不认识的上等的呢绒。这是梁教授每次来学校时坐的（不消说是他的了吧）。你们想这汽车里装的是只什么怪物？——无产阶级，哧哧！”其实这一切都是捏造的，梁实秋自己根本没有汽车，每天都是自己乘车前往学校的。真不明白叶灵凤这么仇视资产阶级的人的余生是怎样在奉行资本主义制度的香港度过的。柏杨先生命名的“酱缸蛆”用在这些人身上，真是再合适不过，正是这些酱缸蛆任劳任怨不停地蠕动、钻搅，使真的变成假的，假的变成真的，好的成了坏的，坏的成了好的。最后真假难辨，好坏不分，整个世界被搅得混沌一片，酱缸蛆就可以左右逢源了。

第二次论争是在 1938 年 9 月，《中央日报》迁到重庆复刊，社长程沧波聘请梁实秋担任《平明》副刊主编。梁实秋在发刊之日写了一篇《编者的话》，文中说道：“现在抗战高于一切，所以有人一下笔就忘不了抗战。我的意见稍有不同。与抗战有关的材料，我们最为欢迎，但是与抗战无关的材料，只要真实流畅，也是好的，不必勉强把抗战截搭上去。”《编者的话》刊出后，引起了轩然大波，《新蜀报》、《国民日报》、《大公报》和《抗战文艺》等报刊，有十余人发表了三十多篇批判所谓文学“与抗战无关”论的文章。可以说，当时的文坛掀起了一场批判和围攻梁实秋的热潮，给梁实秋造成了很大的压力。1939 年 4 月 1 日，梁实秋辞去了《平明》副刊主编职务，并发表了《梁实秋告辞》一文，说：“我以为我没有说错话”，“四个月的平明摆在这里，其中的文章十分之二是我以为‘也是好’的‘真实流畅’的‘与抗战无关的材料’。”

50 年代以来，《中国现代文学史》等著作都将梁实秋为鼓吹“与抗战无关”论者来加以批判。1953 年出版的《毛泽东选集》中有关梁实秋的注释是这样写的：“梁实秋是反革命的国家社会党党员。他在长时期中宣传美国反动资产阶级文艺思想，坚持反革命，咒骂革命文艺。”因为《毛泽东选集》具有极大的权威性，因而它无疑为梁实秋的“反革命”身份下了历史性结论。由此，梁实秋成了中国现代文学史上被完全否定的人物，他的作品成为禁止出版的反动作品。

1980年，林非出版了《现代六十家散文札记》一书，对60位现代作家作品的思想内容、艺术风格及其创作道路的发展，作了分析论述。但对两位散文大家梁实秋和周作人却只字未提。1980年上海文艺出版社出版的《中国现代散文》（上下册）中收录了周作人的作品，却没有梁实秋的作品。直到1986年10月13日，当时曾经历此事的柯灵在《文汇报》上发表了《现代散文放谈——借此评议梁实秋“与抗战无关”论》一文，重新对此事加以审视，对当年指责梁实秋鼓吹文学“与抗战无关”提出否定的意见，当年的这场笔墨官司才得到了澄清。柯灵精辟地分析说：“这一席话之所以爆发一场轩然大波，原因不难理解。梁实秋一直是左翼文坛的论敌，虽然到了应该一致对外的抗战时期，看来彼此都没有消除宿怨，说这番话的场合又是国民党的《中央日报》。但如果撇开这些政治、历史和心理因素，完整地理解前面引述的那段文字，却无论怎么推敲，也不能说它有什么原则性的错误，把这段文字中的一句话孤立起来，演绎为‘抗战无关论’或‘要求无关抗战的文学’，要不是只眼看字，不免有曲解的嫌疑。”并说：“抗战期间，一切服从抗战需要是天经地义，但写作只能全部与抗战有关，而不容少许与抗战无关，这样死板的规定和强求，都只能把巨大复杂、生机活泼的文化功能缩小简化为单一的宣传鼓动。”这样的看法，可谓言简意赅，有理有力，令人信服。

柯灵的文章发表后，产生了很大的影响，得到了许多文学研究者的支持和赞同。柯灵的文章实际上起到了为梁实秋平反的作用。《毛泽东选集》中有关梁实秋的注释也得以改写。1986年《毛泽东著作选读》出版时，有关梁实秋的注释改为：“梁实秋，北京人，新月社主要成员，先后在复旦大学、北京大学等校任教。曾写过一些文艺评论，长时期致力于文学翻译工作和散文的写作。鲁迅对梁实秋的批评，见《三闲集·新月社批评家的任务》、《二心集·‘硬译’与‘文学的阶级性’》等文。”

《毛泽东著作选读》有关梁实秋注释的修改，虽然还不是完全彻底，但也表明了政府对梁实秋作了重新评价，具有官方平反的性质。

随后，大陆出版了梁实秋的《雅舍小品》、《雅舍杂文》、《雅舍谈吃》、《雅舍情书》及《梁实秋文集》等作品，一个真实的梁实秋——优秀的学者、多产的作家、模范的丈夫、浪漫的才子展现在人们面前了。一时洛阳纸贵。

2004 年 1 月 26 日于秋缘斋

说不尽的邵洵美

邵洵美是20世纪三四十年代很有点名气的诗人、翻译家、出版家和社会活动家。他1906年6月出生于上海著名的“斜桥邵家”，原名邵云龙，他的爷爷邵友濂为清朝一品大员，是大清国最后一任台湾巡抚，母亲是盛宣怀的四女儿盛樨蕙。出生在锦绣堆里的邵洵美，在经过一系列复杂的过继手续后，竟同时成为清末名臣李鸿章和盛宣怀的外孙。邵洵美有千万家产，但是他并不乐于经商办企业，更不屑于做官。1924年2月，邵洵美到达英国，进入剑桥大学选择了英国文学。在剑桥，他结交了许多朋友，其中有徐志摩、谢寿康、刘纪文、郭有礼等。以后在法国画院，他又结识了徐悲鸿、刘海粟、黄济远、江小鹣、常玉、张道藩等。并加入了徐悲鸿、谢寿康等人组织的留学生组织“天狗会”。

1927年邵洵美回国，奉祖母之命，与他的表姐——盛宣怀的长房孙女盛佩玉完婚。这一连串的亲上加亲，使他富得如同王侯。天生的贾宝玉转世坯子，命中注定的情种。为了表示对美丽的表姐的爱，他用《诗经》里的美辞“佩玉锵锵，洵美且都”为自己改了名。从此，世上多了一个叫邵洵美的诗人。

纨绔子弟变成了诗人，还是一个很有名的诗人，更是一个花钱如流水的诗人。“睡在天床的白云，/伴着他的并不是他的恋人。/许是快乐的纵容吧！/他们竟也拥抱了紧紧亲吻。/啊！和这朵交合了，/又去和那一朵缠绵的厮混。/在这音韵的色彩里，/便如此吓消灭了他们的灵魂。”

陈梦家如此评价邵洵美的诗：是柔美的迷人的春三月的天气，艳丽如一个应该赞美的艳丽的女人，只是那缱绻是十分可爱的。在20年代末30

年代初热心译介了英法唯美主义思潮的大量作品，他本人也成为该流派在中国新诗中的实践者。

热衷于出版业的邵洵美

在文坛上，邵洵美享有孟尝君之美誉。为文艺，为朋友，他最肯花钱，甚至卖房子卖地。当时能把实业与文学结合起来的最好办法，就是开书店，办杂志，出新书，这正是邵洵美极乐意全身心投入的事业。回国的第二年，他就开设了一家金屋书店，出版《金屋月刊》。一年后，新月书店亏损太大，想让邵洵美“接盘”。邵洵美一口答应，关了“金屋”，专心致力于新月书店。这时新月的成员有胡适、林语堂、罗隆基、沈从文、潘光旦、全增嘏、叶公超、梁实秋、梁宗岱、曹聚仁、卞之琳等，分别出版《论语》、《诗刊》和《新月》杂志，在30年代的文坛，可称风头独健。这段时间他先后出版了《时代画报》、《时代漫画》、《时代电影》、《时代文学》、《万象》、《人言》和《十月谈》。他自己创作的作品有《花一般的罪恶》、《一朵朵玫瑰》、《天堂与五月》、《诗二十五首》等。但他的钱袋也逐年空了，邵家的老房子没有了，新建的房子也赔了进去，他只好租房子住。邵洵美于1938年9月1日借用他的美国情人项美丽的名义，挂起洋商招牌，创办了抗日月刊《自由谭》。为了向国外宣传中国抗日，他还特地请项美丽再以其名义另行出版一份《公正评论》英文月刊，并请她担任编辑。

1938年5月，毛泽东发表了《论持久战》一文，继而党组织决定将《论持久战》翻译成英文传播到国外去。毛泽东还特地为英译本《论持久战》写了一篇序言，序言是用毛笔写在毛边纸公文笺上的。中共地下党组织将这部译稿的秘密排印任务郑重托付给了邵洵美，邵洵美勇敢地接受了这项危险的任务。

这部最早的《论持久战》英译本历时两个月印出，共印了500册，他们竟在日本人的眼皮底下全部发行出去。不久，日本特务机关嗅到了一些味道，决定暗杀邵洵美。法租界巡捕房中邵洵美的一个朋友获得消息后，派人前来保护邵洵美。但是，邵洵美办的《自由谭》还是在日寇的横加干涉下，被迫于1939年春停刊。半年中《自由谭》共出版了六期。

邵洵美和他的美国情人

项美丽是邵洵美的美国情人，曾以《宋家三姐妹》一书享誉海内外的美国著名女作家埃米莉·哈恩。1935年，埃米莉作为《纽约人》的特约撰稿人来到了中国。她在上海第一次见到邵洵美，就为他生有一张面白鼻高的有着希腊脸型的面庞而惊异，更为他的多才多艺和流利的英语所倾倒。不久，她就深深地爱上了他。两人的香巢构筑在福州路江西路转弯处的都城饭店里。邵洵美还根据她的名字音译，替她取了个“项美丽”的中文名字。他俩的同居完全公开，项美丽经常出入邵家，她与邵洵美的妻子盛佩玉成了朋友，与邵家也和睦相处。盛佩玉重礼教，器量大，非但没有打翻醋坛子，而且跟这位洋女子感情很好。

项美丽来到上海后，即将所见所闻和寻访搜集得来的材料，每月写成一二篇通讯或特写寄发《纽约人》。与邵洵美同居后，使她得到了更多的好材料。邵洵美经常带她参加各种集会，世界笔会中国分会就是其中的一个。赵景深在他的《笔会的一群》中曾有过如下记载：“……又有一次在梅园，此次邵洵美兴致最好，请了许许多多洋朋友，项美丽女士当然是其中最主要的一位……”笔会是文坛精英荟萃之所，蔡元培、鲁迅、胡适、梅兰芳、郑振铎、叶恭绰、杨杏佛、林语堂、谢寿康、李青崖等都是会员。项美丽得以与中国文坛精英相会，当然文源汩汩不竭了。

为了帮助项美丽完成《宋家三姐妹》一书的写作，邵洵美陪同项美丽拜访过宋庆龄、宋霭龄和宋美龄。1939年，邵洵美陪着项美丽一起离开上海奔赴香港，去拜访宋霭龄。不久，项美丽的这项工作告一段落，拟赴重庆，而邵洵美由于家中事务繁杂，急需处理，再则他也久思家眷想回上海，于是两人只得在香港话别。相处4年之久的异国情侣就此结束了他们的这段旷世奇缘。

后来，项美丽与英国军官鲍克瑟少校结婚，定居纽约。1946 年初夏，邵洵美在纽约与项美丽重逢。鲍克瑟似真似假地指着项美丽笑对邵洵美道："邵先生，您这位太太我代为保管了几年，现在应当奉还了。"邵洵美也含笑作答："我还没有安排好，还得请您再保管下去。"

项美丽自 1946 年底与邵洵美分别以后的 50 年间，一直在从事写作，在长达 70 年的写作生涯中，一共创作出版了 80 多部书，其中有小说、传记、儿童读物等。她始终没有忘记邵洵美，还曾写过一本名叫《我的中国丈夫》的书，翔实地描写了她与邵洵美的那段情缘。

邵洵美的宽容

知道邵洵美这个人的人，大部分得益于看鲁迅的书，在《准风月谈》中，有一篇《登龙术拾遗》，就是专门讽刺邵洵美的，文中说"术曰：要登文坛，须阔太太。遗产必需，官司莫怕。穷小子想爬上文坛去，有时虽然会侥幸，终究是很费力气的；做些随笔或茶话之类，或者也能够捞几文钱，但究竟随人俯仰。最好是有富岳家，有阔太太，用陪嫁钱，作文学资本，笑骂随他笑骂，恶作我自印之。'作品'一出，头衔自来，赘婿虽能被妇家所轻，但一登文坛，即身价十倍，太太也就高兴，不至于自打麻将，连眼梢也一动不动了，这就是'交相为用'。但其为文人也，又必须是唯美派……""书中自有黄金屋早成古话，现在是'金中自有文学家'当令了。"在文末注释曰：这是对邵洵美等人的讽刺。邵洵美娶清末大买办官僚、百万富豪盛宣怀之孙女为妻，曾出资自办书店和编印刊物。

鲁迅的《且介亭杂文》一书 1937 年 7 月由上海三闲书屋出版，《序言》中说："近几年来，所谓'杂文'的产生，比先前多，也比先前更受着攻击。例如自称'诗人'邵洵美，前'第三种人'施蛰存和杜衡即苏汶，还不到一知半解程度的大学生林希隽之流，就都和杂文有切骨之仇，给了种种罪状的。然而没有效，作者多起来，读者也多起来了。"

鲁迅在《准风月谈》后记里说："邵洵美先生是所谓'诗人'，又是有名的巨富'盛宫保'的孙婿，将污秽泼在'这般东西'的头上，原也十分平常的。但我以为作文人究竟和'大出丧'有些不同，即使雇得一大群帮闲，开锣喝道，过后仍是一条空街，还不及'大出丧'的虽在数十年后，有时还有几个市侩传颂。穷极，文是不能工的，可是金银又并非文章的根苗，它最好还是买长江沿岸的田地。然而富家儿总不免常常误解，以为钱可使鬼，就也可以通文。使鬼，大概是确的，也许还可以通神，但通文却不成，诗人邵洵美先生本身的诗便是证据。我那两篇中的有一段，便是说明官可捐，文人不可捐，有裙带官儿，却没有裙带文人的。"

鲁迅之所以攻击他，表面上应是两个原因，一是他娶了贵族小姐，而且用妻财办书店，做诗人，提倡唯美。而实际上，这实在是有些冤枉，邵洵美娶的是他的表姐，不能说是攀高枝、吃软饭。且又是一个很有才华的诗人，与作家、出版家章克标一起创办时代图书公司，是30年代中国出版界规模最大的出版机构之一，为中国文化的发展作了很大贡献，即使是用了妻财，振兴文化事业，也是应该给予褒扬而不应该给予嘲讽和贬斥。究其根本，还是因为邵洵美提倡诗歌唯美，是个唯美派，与鲁迅先生提倡的关注现实的文学思想相悖，再加上新月派与鲁迅先生的宿怨，才会有这样的事发生。文学本来就有很多流派，你坚持现实主义，我热衷浪漫主义，各有各的思想和方法，由读者去品评最好。面对鲁迅的攻击，邵洵美显得非常大度，他没有去和鲁迅应战，去打一场无聊的笔墨官司，只是私下里嘟囔："他说我有钱，有钱也不是罪过；他老说我的诗不行，又不具体指出在什么地方不行。"在《诗二十五首·自序》中，邵洵美写道："我写新诗已有15年以上的历史，自信是十二分的认真；15年来虽然因为干着吉诃德先生式的工作，以致不能一心一意去侍奉诗神，可是龛前的供奉却从没有分秒的间断，这是我最诚恳最骄傲的自由。"读过该序的人不难发现，作者对当时诗坛客观、精到的评述以及留法归来对唯美主义思潮的引介，绝非一般"捐客"所能企及。

邵洵美的晚年生活

解放后，邵洵美把自己的出版社及印刷厂全部上缴政府，靠翻译外国作品养家，曾翻译了马克·吐温的《汤姆莎亚侦探案》等作品。夏衍了解了他的窘况，关照北京有关出版部门，邀请邵洵美翻译外国文学作品，稿酬每月200元先预付。于是邵洵美又翻译了雪莱的《解放了的普罗米修斯》、泰戈尔的《家庭生活与世界》等。

解放初期，中外邮路不畅，邵洵美恋旧情思念项美丽，托相熟英国人捎信，但却不知对方是安全部门监控的国际间谍，邵洵美因此被捕入狱，但始终没定罪名。

邵洵美哮喘病日益加重，他深感出狱的希望渺茫，便郑重其事地对狱友贾植芳先生说："贾兄，你比我年轻，身体又好，总有一天会出去的。我有两件事，你一定要写一篇文章，替我说几句话，那我就死而瞑目了。第一件是1933年英国作家萧伯纳来上海访问，我作为世界笔会的中国秘书，负责接待工作，萧伯纳不吃荤。所以，以世界笔会中国分会的名义，在'功德林'摆了一桌素菜，用了46块银元，由我自己出钱付出。参加宴会的有蔡元培、宋庆龄、鲁迅、杨杏佛，还有我和林语堂。但当时上海的大小报纸的新闻报道中，都没有我的名字，这使我一直耿耿于怀。希望你能在文章中为我声明一下，以纠正记载上的失误。还有一件，我的文章，是写得不好，但实实在在是我写的，鲁迅先生在文章中说我是'捐班'，是在花钱雇人代写的，这真是天大的误会。我敬佩鲁迅先生，但对他轻信流言又感到遗憾！这点也拜托你代为说明一下……"（《狱里狱外》贾植芳著）这是一位贫病交加的老者在生命尽头的夙愿，看起来好似在为自己挽回一些无关紧要的荣誉，其实它是一大批被忽略又被误解过的知识分子对不公命运的抗争。

1962年，在遭受了3年多的监狱生活后，邵洵美出狱。1968年5月，他在孤独贫病中离世。

邵洵美年轻时风流倜傥，食客云集，享有孟尝君之美誉。30 年代有一幅名画《文艺茶话图》，几乎包括了文艺界所有的知名人士，而坐在主人位上的是邵洵美。他把亿万家产全部用于出版业，对中国的出版业和文学事业的发展做出了巨大的贡献，这是一般人，包括嫉妒他、讽刺他的人所做不到的。

2003 年 12 月 12 日于《泰山周刊》编辑部

偶遇林琴南

早就知道中国有个不懂外文的翻译家林琴南，一生著作颇丰。但一直没有读到他的作品，淘得了一册《畏庐小品》，才让我走近了林琴南。

林琴南，福建闽县（今福州）人，原名群玉、秉辉，后改名林纾，号畏庐、冷红生，晚称蠡叟、践卓翁、六桥柳翁、春觉斋主人，琴南是他的字。他是我国近代著名的文学家、翻译家。著有《畏庐文集》、《畏庐诗存》、《技击余闻》、《畏庐漫录》、《铁笛亭琐记》和《林琴南笔记》等书。

《畏庐小品》是1982年北京出版社推出的《现代学人小品文丛》中的一部，这套丛书中还有冯友兰、顾颉刚等人的小品。《畏庐小品》一书收录了林琴南的随笔、游记、序跋、笔记等作品。

林琴南不懂外文又是怎么翻译的外国作品的呢？1887年春，林琴南的夫人去世，他悲痛欲绝。家人让他到朋友家里散心，在朋友家他结识了从法国留学归来的王寿昌。王寿昌为了让林琴南从丧妻之痛中解脱出来，就给他讲小仲马的《茶花女》的故事，一时兴起，两人商定合作翻译这部小说，把小说介绍给更多的中国读者。王寿昌拿着原著口译，林琴南用笔记录，林琴南并不是机械地记录，而是用文言文将原著的诙谐风趣及传神之笔，都表现得一览无余，实际上是林琴南的再创作。《巴黎茶花女遗事》一书出版，引起了轰动，对当时的文坛产生了很大的影响。以后，林琴南又与魏易、王庆骥、王庆通、陈家麟等人合作，翻译了英、法、美、比、俄、挪威、瑞士、希腊、日本和西班牙等十几个国家的几十名作家的作品180余部，其中世界文学名著有40多部。有斯托夫人的《黑奴吁天录》（《汤姆叔叔的小屋》）、兰姆的《吟边燕语》（《莎士比亚戏剧故事》）、狄更斯的《块肉余生录》（《大卫·科波菲尔》）、《孝女耐儿传》（《老古玩店》）、《贼史》（《雾都孤儿》），以及司各德的《撒克逊劫后英雄略》（《艾凡赫》）等。

由于林琴南不懂外文，无法选择作品翻译，他所翻译的作品很多是没有文学价值的流行小说。译著中也出现过一些失误，比如托尔斯泰的作品，他的合作者陈家麟不懂俄文，是根据英译本翻译出版，没有署托尔斯泰的名字。还有一些作品与作者存在张冠李戴的错误。林琴南说："鄙人不解西文，但能笔述，既有讹错，均出不知。"

林琴南的翻译小说无异于开启了一扇通向世界的窗户，让晚清的中国人从这里瞥见了西方的文化与人生。林琴南翻译的小说滋养了新文学的一代人，很多现代作家对西方文学的兴趣，就是从读林琴南翻译的小说开始的。周作人在《关于鲁迅》里介绍鲁迅所受晚清文化维新的影响时说，在南京求学时，鲁迅就注意林琴南的译书，在《巴黎茶花女遗事》出版后，也都陆续收罗。至于周作人自己，在《我学国文经验》里说："严几道的天演论，林琴南的茶花女，梁任公的十五小豪杰，可以说是三派的代表。我那时的国文时间实际上便都用在看这些东西上面，而三者之中尤其是以林译（林琴南翻译的）小说最喜看，从茶花女起，至黑太子南征录止，这其间所出的小说几乎没有一册不买来读过。"韩迪原在《近代翻译史话》说："当时确实有不少人因读林译小说，才接触到西洋文学。"韩迪原对林琴南还有一个很中肯的评语，她说："因为那时国人对整个西洋文明毫无认识，必得用东方已有的事物，去'附会'西方的观念，像林琴南翻译所用的方式，才能达到早期沟通东西文化的任务。"林琴南"还打破旧中国小说的章回体，使中国的文学形成向前迈一大步。"

1982年，商务印书馆为纪念创馆85周年，重刊林氏译作10种，可见林琴南翻译作品是经得起时间考验的。商务印书馆还出版了《林纾的翻译》论文集，收录了国人对林译的研究。在国外，林琴南的译作亦受到重视，英国人威利以翻译东亚文学驰名，他在《论翻译》一文中专门提到林琴南的贡献，他认为林琴南翻译迭更司的作品更优于原著。1964 年，牛津大学出版社出版的《中国的遗产》一书中有一整段的篇幅是评述林琴南翻译的小说的历史地位的。

胡适曾说："古文不曾做过长篇小说，林纾居然用古文译了一百多种长篇小说。古文里很少有滑稽的风味，林纾居然用古文译了欧文与迭更司的作品。古文不长于写情，林纾居然用古文译了《巴黎茶花女遗事》与《迦茵小传》等书。古文的应用自司马迁以来，从没有这种大的成绩。"

2004 年 2 月 12 日夜于秋缘斋

林语堂与胡适

林语堂有个座右铭："文章可幽默，做事须认真。"

林语堂提倡幽默，他主编的《论语》、《人间世》杂志都能体现出他的办刊风格。有一次某大学举行毕业典礼，邀请林语堂出席，他听着一些头面人物长篇大论的发言有些不耐烦了，好不容易轮到他演讲了，他劈头就说："讲演要像女人的裙子，越短越好！"大家先是一愣，接着哄堂大笑，然后爆发出雷鸣般的掌声。

1919 年林语堂带着新婚的妻子到美国留学。林语堂是穷牧师的儿子，家里无法提供帮助，林语堂又是半公费生，在美国生活相当拮据，岳父看不起他，在结婚前，林语堂已表示，以后决不会向他们伸手。偏偏这时妻子患病需要手术，他只好向妻子的二哥求救，渡过了难关。正当林语堂在哈佛大学专心求学时，他的半公费奖学金突然被停了，这等于要了林语堂的命，即使想回国，也没有路费。走投无路时，他想起了一位并不太熟悉的朋友——胡适，胡适是北京大学教授，林语堂曾经和胡适约定，等毕业回国后到北大任教，当时胡适已是名教授，对林语堂非常赏识，但没有过多的交往。林语堂在万般无奈中给胡适拍电报，请他代向北大校方申请预支 1000 美元。林语堂此举无疑是有病乱投医，自己也没抱多大的希望，过了不久，钱竟然寄来了。后来，林语堂得到哈佛大学硕士学位后，转入德国莱比锡大学攻读博士学位时，又向北大借了 1000 美元。

林语堂学成回国，如约到北大任教，去向校长蒋梦麟归还 2000 美元的借款时，蒋校长莫名其妙，因为财务方面并无这项支出。过了几天蒋校长告诉林语堂说："那是胡适之个人的钱。"林语堂深为感动。

林语堂提倡幽默，但做事是相当认真的，原则问题决不妥协，即使是得罪朋友也会义无反顾。1932 年 12 月 17 日中国民权保障同盟在上海成立，主席宋庆龄，副主席蔡元培，总干事杨杏佛，宣传主任林语堂。同盟的宗旨是支援为争取结社、言论、出版、集会自由等民主权利而进行的斗争……同盟首先关切的是援助那些拥塞在监狱中的政治犯。身为中国民权保障同盟北平分会主席的胡适却在《独立评论》第三十八号上发表题为《民权的保障》一文，反对“同盟”的会章中“释放政治犯”的要求，同时，他又在上海的报刊《字林西报》登出谈话，表示“民权保障同盟不应当提出不加区别地释放一切政治犯，免于法律制裁的要求”。

宋庆龄看了文章很生气，电告胡适，应表明态度，遵守会章。蔡元培也给胡适拍电报，劝他不要改变初衷，然而胡适拒绝了。中国民权保障同盟执委会马上召开会议，决定开除胡适的会籍，林语堂坚定地投了赞成票，在友谊与原则面前，他选择了后者。

林语堂也并未因此而得罪胡适。多年以后，有人造谣说林语堂发明中文打字机发了大财时，胡适站出来为他辩护，说明了林语堂为了研制打字机已经倾家荡产的真相，也显示出了胡适的大度。

20 世纪 70 年代，林语堂回台湾地区定居后，在胡适墓前向世人公布了他与胡适的友谊，泪流满面地讲述了胡适在他求学时期，慷慨解囊借给他两千美元的故事，在场人无不动容，林语堂与胡适是真正的君子之交，是一般俗人所无法做到的。

2006 年 9 月 7 日于秋缘斋

林语堂与叶灵凤

1995年，四川文艺出版社出版的《衔着烟斗的林语堂》一书中，收录了郁达夫、曹聚仁、王映霞、章克标、林海音以及林语堂的女儿林太乙等人回忆林语堂的纪怀散文40多篇。作者与传主亲自过从或同时代、或有师承关系，故文章都写得隽永轻灵，并保持了亲切、真实、直观的特色，内容侧重于传主的品性、情谊及爱好，从而兼具美文和史料双重价值。

集中收有叶灵凤的一篇《小谈林语堂》，内容风格与整书相悖，全文只有五六百字，却全是讨伐文字。文章开头说："我看过一些好书，也看过一些坏书，但是有一本书始终引不起我一看的兴趣，那就是林语堂的《生活的艺术》。"《生活的艺术》是一本什么书呢？让叶灵凤这么反感。《生活的艺术》是林语堂1936年举家迁居美国后写的，书中谈关于人类的观念、人情、悠闲的重要、家庭之乐、生活的享受以及思想的艺术，自序中说："本书是一种私人的供状，供认我自己的思想和生活所得的经验，我不想发表客观意见，也不想创立不朽真理，我实在瞧不起自许的客观哲学，我只想表现我个人的观点。"林语堂以幽默的笔调深入浅出地抒写中国人生观，全书洋溢着他别出心裁的思想。出版后被美国每月读书会选为特别推荐书。《纽约时报》书评副刊发表评论说："林语堂把许多历史悠久的哲学思想滤清，他根据个人独特的创见，用机智、明快、流利动人的文笔写出一部有骨子、有思想的著作，作者在书中讨论到许多问题，见解卓越，学识渊博，对中西思想有深刻的理解。"还有一位书评家说："读完这本书之后，令我想跑到唐人街遇见一个中国人便向他深鞠躬。"《生活的艺术》一书被译成18国文字，销数30年不衰，在美国出版发行40版以上。

一本书无论销量多大，也不会人人爱读，读者有不同的口味、嗜好，叶灵凤对该书不感兴趣也是很正常的。

叶灵凤在文章中说："林语堂是靠了《论语》起家的"，"这个刊物能够办的很有点生气，实在应该归功于陶亢德，根本不关林语堂的事，《论语》的编务和事务，全是由他一手包办，弄得井井有条，林语堂不过坐享其成。"

关于创办《论语》杂志，据章克标回忆，林语堂、章克标等人在邵洵美家闲谈时，商量要出版一个刊物，章克标提议刊物名叫《论语》，并公推林语堂负责编辑，由邵洵美的时代书店出版发行。《论语》半月刊出版后受到了好评，销路出乎意料的好，创刊号重印了几次，一下子轰动了读书界。鲁迅、周作人、刘半农、潘光旦等人都是热心的撰稿人。后来林语堂一个人忙不过来，便请了陶亢德来帮忙。陶亢德原来在邹韬奋的《生活》周刊当编辑，是个很有编辑经验的人，《生活》周刊被迫停刊后，林语堂便把他请到《论语》来，成了林语堂的得力助手。后来，林语堂办《人间世》、《宇宙风》，陶亢德一直当助手。章克标和林语堂是同时代人，林语堂编的《论语》半月刊是章克标题写的刊名，《论语》由邵洵美的时代书店出版发行，章克标是时代书店的经理，因此章克标的回忆是可信的。

叶灵凤说："林语堂的英文已经不很高明，中文简直更差。"林语堂的英文水平是否高明应由英国人、美国人或精通英文的人来批评，一般的人是没有资格去评价的。早在1929年开明书店就出版了林语堂主编的一套初级中学用的三册《开明英文读本》教材，畅销全国，之后又出版了《开明英文文法》、《英文文学读本》、《开明英语讲义》等，1935年，他用英文创作的《吾国吾民》（又名《中国人》）在美国出版后盛销畅行，居然在这一年的美国畅销书名单上独占鳌头。他用英文创作的长篇小说《京华烟云》1939年在美国出版，被推荐为诺贝尔文学奖的预选作品。他的《中国印度的智慧》被列为美国大学用书。在晚年编写出版了《当代汉英辞典》。

一个能用英文创作的人，一个编写《当代汉英辞典》的人，一个曾在清华大学、北京大学教授过英语的人，却被诬为英文不很高明，岂不是荒唐可笑吗？

叶灵凤在文章的结尾笔锋一转，给林语堂定了阶级成份，他说："林语堂现在台湾唱他的反共老调子，这是重抱琵琶，不消一嘘。"在当年这一句话就把林语堂定了性——反动派。其实林语堂只是早年在武汉国民政府外交部任过一段时间秘书，从政生涯极短。当时正是国共合作时期，郭沫若等人也在武汉国民政府任职。林语堂 1936 年迁居美国便不再过问政治，只是潜心写作。1966 年 6 月回台湾后发表声明："我不依门户，我不结群结党，我照我的想法去做。"事实证明他回台湾后没有介入政治圈子，而是专心致志地编写《当代汉英辞典》。叶灵凤写这篇文章的时候是否患了"失忆症"呢？1931 年 4 月 28 日，左翼联盟发出了开除叶灵凤的通告："叶灵凤，半年多以来完全放弃了联盟的工作，等于脱离了联盟，组织部多次的寻找他，他却躲避不见，但他从未有过表示，无论口头的或书面的。最近据同志们的报告，他竟已屈服于反动势力，向国民党写'悔过书'，并且实际的为国民党民族主义文艺运动奔跑，道地的做走狗……"

其实在林语堂创办《论语》、《人间世》时，就遭到了个别文人的攻击，后来他享誉世界文坛后，更受到了一些文人包括郭沫若在内的围剿，我查阅了大量的有关林语堂的资料，包括林语堂的次女林太乙写的《林语堂传》也没有发现林语堂与叶灵凤有过任何的过节，甚至没有提到过叶灵凤。叶灵凤对林语堂这种穷追猛打，置之死地的动机令人费解。叶灵凤在 20 世纪 30 年代初期活跃于中国文坛。1938 年迁居香港，一直到 1975 年去世。叶灵凤不但是作家，画家，还是著名的藏书家。淘书、藏书、品书成了他一生的主要事业。他写的作家轶事，文坛掌故，用简洁的笔触，娓娓道来，如数家珍，深受读者和藏书家的喜爱，《小谈林语堂》一文真是有损他的形象。

1933 年，叶灵凤将自制的藏书票寄给日本人太田临一郎时在信中说：

"中华关于藏书票趣味，尚在幼稚时代，小生的一帧当为第一张也。"而实际上早在 1914 年我国的藏书票先驱者关祖章就已制作和使用具有中国风格的藏书票了。由此可见叶灵凤作文的随意性和治学的不严谨。叶灵凤创作的小说以表现性欲、性爱为主要内容，鲁迅说他是"才子+流氓"，鲁迅还说叶灵凤所画的人物都有一双斜视眼——"色情的眼睛"，称叶灵凤是"流氓画家"，很不公正。令人不解的是叶灵凤却用同样的方式去评价林语堂。

对于一切的冷嘲热讽林语堂很看得开，他在 1936 年去美国前写过这样一首诗：

文人自古好相轻，
井蛙蝌蚪互品评。
断槛缺甃称割据，
跳梁没水誉奇能。
规规若失语东海，
适适然惊闻北溟。
有识悠然付一笑，
蚊雷终究是虫声。

2004 年 10 月 1 日国庆节于秋缘斋

《海星》和陆蠡

一次淘书，看见一本很不起眼的小册子——《海星》，装帧设计很平常，而当我看到了作者陆蠡的名字时，我的眼睛不禁为之一亮。我刚刚从《文人笔下的文人》一书中读了巴金、唐弢等人怀念陆蠡的文章，正想找陆蠡的书读，无意中遇到，真是天意。

《海星》一书只有88个页码，定价0.30元，32开本。著名作家巴金1936年至1948年期间主编的《文学丛书》由上海文化生活出版社先后出版10集，每集16种。其中收有当年我国文坛上不少优秀作家的主要作品。1984年4月广东人民出版社从中编选10种出版发行，陆蠡的《海星》便是其中的一册。

陆蠡原名陆考原，字圣泉，陆蠡是他的笔名。浙江天台平镇岩头下村人。资质聪颖，童年即通诗文，有“神童”之称。1922年跨越初中，考入之江大学附属高中部，初露文学创作的才华。后进入杭州之江大学、国立劳动大学学习，毕业后与吴朗西等南下福建，在泉州平民中学任教，课余从事创作和翻译。第一本散文集《海星》的大部分文章，就是在这时写的。

1934年，陆蠡到上海教书。一年后，因吴朗西和巴金等在上海创办文化生活出版社，便辞去教职，改任编辑。在此期间，经常与巴金、丽尼、许天虹等促膝交谈到深夜，使其文学创作迈上了新的台阶。继处女作《海星》于1936年8月问世后，1938年3月，他的第二本散文集《竹刀》（曾名《溪名集》）出版，编入《文学丛刊》第五集；1940年8月，又出版了第三本散文集《囚绿记》，列入《文学丛刊》第六集。三个集子的共同特色，是凝炼、质朴、蕴藉而秀美。陆蠡还翻译出版了屠格涅夫的《罗亭》、《烟》和拉马丁的《葛莱齐拉》三部小说。陆蠡也写过许多短篇小说，给人的感觉总是“渴望着更有生命、更有力量、更有希望和鼓舞”。

1937年8月，吴朗西、巴金分别去重庆、广州等地筹建分社，上海文化生活出版社便由陆蠡负责。几年中，在敌机轰炸中出版的书籍竟达数百种，还有十几种丛书。期刊《少年读物》因有抗日内容被强令停刊，他又先后主编了《少年读物小丛书》和《少年科学》。1942年4月，陆蠡发往西南的抗日书籍在金华被扣，日本宪兵队追踪到上海，查封了书店，没收了全部《文学丛刊》。陆蠡不顾众人劝阻，亲自去巡捕房交涉，便遭关押，从此失去踪迹，那年陆蠡34岁。

陆蠡短暂的一生中写下了许多优美的散文，这些散文表达了他向往光明、追求快乐的美好理想。在30年代的散文家中，陆蠡的散文最是奇丽明朗、清新可诵。《海星》一书只选了25篇散文，短的只有百余字，有的听着就仿佛进入醉人的音乐境界；有的读来又宛若身临美丽的童话世界，然而作者在这中间却深刻地表现了那里面的美与丑、爱与憎、哀与乐；表现了自己要追求什么，鄙弃什么。文中蕴涵着高洁的情怀，深邃的哲理，读来令人回味无穷。林非在评论陆蠡的散文时说：“在30年代发表作品的一批作家中，陆蠡具备着很多作家所有的长处，他像李广田那样洋溢着乡野和泥土的气息；他像吴伯箫那样驾驭着优美、清丽的文笔；他像师陀那样善于倾诉忧郁和动人的故事。他的作品的内容是比较狭窄的，然而在思想和艺术上却都闪烁着自己特有的光彩。他的不少篇章都像涧水那样明朗和清亮，像野花那样芬芳和妩媚。”

陆蠡虽然是外表柔弱的文人，却是一个铁骨铮铮的汉子，在关键时刻，他总能挺身而出。诗人柯灵说：“圣泉不趋时，不阿俗，切切实实，闭门劳作，殷勤地献与世人。他决不‘孤芳自赏’，或者‘孤影自怜’。他是淳朴的，一个地道的山乡人。这点淳朴使他在品格上显得高，见得厚，也正是他终于默默地为祖国献出生命的根基。在彼时彼地，如果真有所谓高贵的东西，我愿意举出圣泉的淳朴的性格为例。”

在他失踪以后的半个多世纪中，许多熟悉或者不熟悉他的人，一直不停地写纪念文章，缅怀其崇高的心灵和无私的品格。与其说是陆蠡优美的散文打动了读者的心，使他留名青史，毋宁说是他的人格的巨大魅力在历史上所留下的巨大影响。巴金先生在《怀陆圣泉》一文中深情地写道：“在我活着的四十几年间，我认识了不少的人，好的和坏的，强的和弱的，能干的和低能的，真诚的和虚伪的，我可以举出许多许多。然而像圣泉这样有义气、无私心，为了朋友甚至可以交出生命，重视他人的幸福甚于自己的人，我却见得不多。古圣贤所说：‘富贵不能淫，贫贱不能移，威武不能屈。’他可以当之无愧。”这样高的评价，可能在巴金先生的一生中再也没有送给过第二个人了。

近年来，全国许多出版社争着出版他的散文集，浙江和台湾地区先后出版了《陆蠡集》、《陆蠡传》，好多版本的中国现代文学史在论述散文部分里，都写到了陆蠡，中国现代散文的各种选集，也都选进了他的许多作品。

陆蠡虽然不是一个叱咤风云的伟人，但他是一个真正有骨气的人，他以自己 34 岁的生命在天地间书写了一个大写的“人”。

2003 年 7 月 11 日于秋缘斋

朱自清的第一本诗文集

《踪迹》是朱自清的第一本诗文集。中华民国十三年（公元 1924 年）12 月，由上海亚东图书馆出版发行。全书 188 个页码，文字竖排，每册定价大洋 4 角。书后附有上海亚东图书馆发行的 10 种新诗集广告。其中有胡适的《尝试集》、康洪章的《草儿在前集》和《河上集》，俞平伯的《冬夜》和《西还》，汪静之的《蕙的风》，陆志伟的《渡河》，宗白华的《流云》，还有《胡思永的遗诗》和《一九一九年新诗年选》。1985 年 6 月，上海书店出版了一套《中国现代文学史参考资料》，辑集了我国现代文学史上的名社团、流派、著名作家流传较少的著作，以及作家传记、作品评论、文学评论集等，皆为原样影印，供研究参考。朱自清的诗文集《踪迹》也在其中。

《踪迹》分为两辑，第一辑收入作者新诗 31 首，其中有《光明》、《羊群》、《怅惘》、《挽歌》、《侮辱》和长诗《毁灭》等，《光明》是诗集中的第一首诗："风雨沈沈的夜里/前面一片荒郊/走尽荒郊/便是人们底道/呀！黑暗里歧路万千/叫我怎样走好/上帝，快给我些光明吧/让我好向前跑/上帝慌着说，光明/我没处给你找/你要光明/你自己去造"。这首诗写于 1919 年 2 月 22 日，当时中国正处于辛亥革命初期，中国命运前途未卜，一片混乱，国人处在迷茫之中。诗人便发出了"你要光明，你自己去造"的呼吁。

《羊群》一诗写了一群夜间在田野熟睡的羊被狼惊醒了，它们"瑟瑟的浑身乱颤/腿软了/不能立起，只得跪了/眼里含着满眶亮晶晶的泪/口中不住地芊芊哀鸣"，"狼们终于张开血盆的口"，"他们喉咙里时时透出来/

可怕的胜利的笑声……”面对如此的惨景“这时月又羞又怒又怯/掩着面躲入一片黑云里去了”。一首诗把中国人的奴性，帝国主义的残暴和腐败政府的无能软弱描写得淋漓尽致。

《毁灭》是一首200多行的长诗，1948年朱自清去世后，李长之在《杂忆佩弦先生》一文中曾提到了这首诗：“一般人常常提到他的《背影》，并且因此称他散文家，我想这是故意小看了他，他给我印象最深的，却是《毁灭》——在中国是一首可纪念的长诗。”

第二辑收入散文4篇，其中有名篇《桨声灯影里的秦淮河》。扉页是周作人的诗《过去的生命》：“这过去的我的三个月的生命，哪里去了/没有了，永远的走过去了/我亲自听见他沈沈的缓缓的一步一步的/在我的床头走过去了/我坐起来，拿了一枝笔，在纸上乱点/想将他按在纸上，留下一些痕迹/但是一行也不能写/一行也不能写/我仍是睡在床上/亲自听见他沈沈的缓缓的，一步一步的/在我床头走过去了。”周作人的诗权作为序了。

朱自清早年写诗，后来逐渐转向散文的写作，写的小说极少。1936年5月出版散文集《背影》时，他在自序中写道：“我写过诗，写过小说，写过散文。25岁以前，喜欢写诗，近几年诗情枯竭，搁笔已久。前年一个朋友看了我偶然写下的《战争》，说我不能做抒情诗，只能做史诗；这其实就是说我不能做诗。我自己也觉得如此，便越发懒怠起来。”郁达夫在评论朱自清时说：“朱自清虽则是一个诗人，可是他的散文仍能够贮满着那一种诗意，文学研究会的散文作家中，除冰心外，文章之美要算他了。”

2003年6月27日于秋缘斋

郁达夫选编《散文二集》

《散文二集》是《中国新文学大系》丛书其中的一本。《中国新文学大系》为鲁迅、茅盾等编选的中国新文学运动第一个10年（1917年至1927年）理论和作品的选集，由上海良友图书公司赵家壁主编。于1935年至1936年间出版。全书分10卷。由蔡元培作总序，编选人作导言；胡适选编第一集《建设理论集》，郑振铎编第二集《文学论争集》，茅盾编第三集《小说一集》，鲁迅编第四集《小说二集》，郑伯奇编第五集《小说三集》，周作人编第六集《散文一集》，郁达夫编第七集《散文二集》，朱自清编第八集《诗集》，洪深编第九集《戏剧集》，阿英编第十集《史料·索引》。

郁达夫选编的《散文二集》，文字竖排，450余页码。全书选编了鲁迅、周作人、冰心、林语堂、丰子恺、钟敬文、川岛、罗黑芷、朱大楠、叶永蓁、朱自清、王统照、许地山、郑振铎、叶绍钧和茅盾等16位著名作家新文学运动以来的散文作品126篇。

在《导言》中，郁达夫对新文学运动以来的散文和从前的散文作了比较："从前的散文，写自然就专写自然，写个人就专写个人，一议论到天下国家，就只说古今治乱，国计民生，散文里很少人性，及社会性与自然融合到一处的，最多也不过加上一句痛哭流涕长太息，以示作者的感愤而已。现代的散文就不同了，作者处处不忘自我，也处处不忘自然与社会。就是最纯粹的诗人的抒情散文里，写到了风花雪月，也总要点出人与人的关系，或人与社会的关系来，以抒怀抱。一粒沙里见世界，半瓣花上说人情，就是现代散文的特征之一。"

郁达夫对鲁迅，尤其是对周作人特别偏爱，他说：“鲁迅的文体简炼得像一把匕首，能寸铁杀人，一刀见血。重要之点，抓住了之后，只消三言两语就可以把主题道破。”“周作人的文体，又来得舒徐自在，信笔所至，初看似乎散漫支离，过于繁琐！但仔细一读，却觉得他的漫谈，句句含有分量。一篇之中，少一句就不对，一句之中，易一字也不可，读完之后，还想翻转来从头再读的。”

《散文二集》中选了茅盾散文两篇，川岛散文一篇，冰心散文 6 篇，朱自清散文 7 篇，鲁迅散文 24 篇，而更让人吃惊的是周作人散文竟然选了 57 篇。一部百余篇的散文选集中一位作家的作品竟占了一半，这是让人很不理解的，也是一般的编选者所做不到的。对此，郁达夫专门作了解释：“中国现代散文的成绩，以鲁迅、周作人两人的最丰富最伟大。我平时的偏嗜，亦此二人的散文为最所溺爱。一经开选，如窃贼入了阿拉伯的宝库，东张西望，简直迷了我取去的判断，忍心割爱，痛加删削，结果还把他们两个人的作品选成了这一本集子的中心，从分量上说，他们的散文恐怕要占得全书的十分之六七。”沈从文在《读〈中国新文学大系〉》一文中说：“郁达夫选散文全书 430 余页，周氏兄弟合占 222 页，分量不大相称。其实落华生不妨多选一点。”

《散文二集》一书所选散文有好多被选入中学课本。

10 卷本的《中国新文学大系》的编选者皆为中国文学巨匠。1922 年郁达夫在上海与郭沫若、成仿吾等人成立创造社，在创办的《创造季刊》的创刊号上，郁达夫发表的《夕阳楼日记》和《编辑后记》，抨击当时不正确的翻译，引起了胡适之对创造社的一场激烈的笔战，双方的笔墨官司引起了社会的极大关注。后来为了文学事业，两人能在一起齐心协力编选《中国新文学大系》，这种精神非常难能可贵。

2003 年 7 月 16 日于秋缘斋

由《罗亭》想起丽尼

一直在寻找陆蠡翻译的屠格涅夫的长篇小说《罗亭》，却只找到 1996 年译林版石国雄译的《罗亭》。不能读到陆蠡的译本，心里总感到一种缺憾。年初三，无意之中在旧书摊上看到了这本心慕已久的书。让人惊喜的是，这本 1957 年 12 月人民文学版的《罗亭》不单是陆蠡翻译的，还是丽尼校改的。丽尼在《校后记》中说："20 年前，陆蠡、巴金和我曾相约分译屠格涅夫的 6 部长篇，陆蠡所担任的是《罗亭》和《烟》。抗日战争期间，陆蠡在当时沦陷的上海，被敌寇架去，不屈遇害。距《罗亭》译本刊行 20 年后，由我来校订陆蠡的遗译，每当执笔，对于为祖国牺牲的亡友，犹复不胜悼念之情。校读中，对原译文颇有改动，但已不能与陆蠡共同商榷，所有谬误，就应当由我自己负责了。"

人们对巴金、陆蠡比较熟悉，但对丽尼多数比较陌生。丽尼原名郭安仁，湖北孝感人。据说他儿时有个非常要好的叫丽尼的外国女友，后来女友因病去世，为了纪念她，便用丽尼做了笔名。1935 年，丽尼与陆蠡、巴金等人在上海创办了文化生活出版社，并出版了第一本散文集《黄昏之献》，后来又出版了散文集《鹰之歌》和《白夜》。

《黄昏之献》收入作者 1928 年 6 月至 1932 年 4 月间的作品 56 篇，全书分为四辑；第一辑"黄昏之献"是唱给恋人的伤逝曲；第二辑"傍晚"和第三辑"深更"是一颗"漂流的心"漏出的疲惫曲和绝望曲；第四辑"红夜"则是不满黑暗不愿沉沦的抗争曲。作者感怀从"黄昏"、"傍晚"至"深更"、"红夜"，迫近"黎明"而暂告一个段落，贯穿始终的是作者"个人底眼泪，与向着虚空的愤恨。"整部作品充满了苦闷、压抑、感伤和失望。

他的第二本散文集《鹰之歌》已经回到现实和人生中间来了，在写法上也增加了叙事的因素，他克服了早期散文中的个人感伤气息，开始歌唱希望和斗争。

他的第三本散文集《白夜》侧重抒情与写人、叙事的结合。丽尼散文以抒发内心感受见长，较多采用散文诗的抒情方式，他的抒情方式个性近于倾泻型，长歌当哭，不吐不快，他用“我”的内心告白直抒胸臆，毫不掩饰，深受读者的喜爱。

抗战开始后，丽尼和逃难到桂林的巴金邂逅，巴金准备在桂林复刊《文丛》，正巧丽尼手中有翻译的契诃夫的戏剧《伊凡诺夫》、《海鸥》和《万尼亚舅舅》，答应交给巴金。第二天敌机把他住的旅馆炸成了一片废墟，丽尼辛辛苦苦翻译的手稿顷刻间化为灰烬。后来丽尼又重译了那三个剧本，郭梅尼在回忆父亲丽尼时说：在那寒冷的冬夜，我们住的小土屋特别冷。深夜，我被彻骨的寒气冻醒，看见爸爸还坐在小菜油灯前写着，两根灯芯的微光，照着他瘦削的脸庞。那时，他才30多岁，可是，沉重的生活担子和过度的用脑，已经使他过早地秃顶了。大概是太冷的缘故，他瑟缩着身子写着写着，不时用嘴呵呵热气，暖暖冻僵的手指，一字一句地翻译契诃夫的剧本……1950年，丽尼担任武汉中南人民出版社编辑部副主任，后历任该社副社长兼总编辑、武汉大学中文系教授。1965年，调任广州暨南大学中文系教授。“文革”期间受到迫害，1968年，在劳改中猝死，直到10年后才得到平反。

解放后，丽尼重译了屠格涅夫的长篇小说《前夜》和《贵族之家》，校改了陆蠡翻译的小说《罗亭》，但再没有写过散文。1982年，上海文艺出版社出版了《丽尼散文选集》，巴金写了一篇《关于丽尼同志》作为“代序”。巴金这样评价他的朋友：他不曾做过什么惊天动地的大事，他只是一个心地善良的老好人，一个清清白白、平平常常的人。

2004年2月11日于秋缘斋

刘大白与《旧诗新话》

刘大白（1880~1932），浙江省绍兴人，现代诗人、教育家。原名金庆棪，字伯桢。辛亥革命后改姓刘，名靖裔，字清斋，号大白。5岁熟读唐诗，8岁学习制艺试帖律赋，10岁潜心诗词，15岁应科举考试，得过优贡生，并曾膺拔贡。1914年在东京加入同盟会，辛亥革命后曾发表反对袁世凯的文章，东渡投身“二次革命”，避难日本，旋至南洋。1916年回国，编《杭州报》并出任浙江省议会秘书长。1918年任浙江第一师范学校国文教员。1919年任浙江教育会总干事。五四运动中，与经亨颐、陈望道、夏丏尊合称“五四浙江四杰”。因支持学生进步活动，被迫离校，后去上海复旦大学、第三中山大学（后改浙江大学）等校任教。1929年任国民政府教育部次长，同年12月15日辞去了教育部政务次长的职务。1931年开始，刘大白闭门进行写作。1932年病逝。

在1921年至1922年这两年中，刘大白写了许多新诗和随感，发表在《民国日报·觉悟》上，新诗署名刘大白。1924年，刘大白加入以柳亚子为首的新南社，同年，他加入文学研究会上海分会。3月，刘大白的第一部诗集《旧梦》由上海商务印书馆出版，共收597首诗，列入“文学研究会丛书”之一，陈望道、周作人为诗集作序。

1926年12月，刘大白另一本新诗集《邮吻》由上海开明书店初版，列入“黎明社丛书”之一，该书收录了1923年5月至1926年5月3年中写的100首诗。

刘大白的第一部诗集《旧梦》，印刷装订粗糙，错误百出。全书从左往右横排，40开狭长本，500页订成厚厚的一册，封面灰色，刘大白很不满意。1929年9月，刘大白把《旧梦》完全打散，“剔除了些，添补了些，移动了些，订正了些”，重新斟酌组合，“把撕碎了的《旧梦》，做成现在的——《丁宁》、《再造》、《秋之泪》、《卖布谣》”4本诗集。上海开明书店分别于1929年9月至1930年1月出版了这4本新诗集。

1930年前后，刘大白出版了多种学术著作：1928年5月，《旧诗新话》作为黎明社丛书之一种由上海开明书店出版；1929年7月，《白屋说诗》由上海开明书店出版；1929年8月，《白屋文话》由上海世界书局出版；1929年12月，《五十世纪中国年表》由上海商务印书馆出版。成稿于这个时期的《中国文学史》、《中国文字学概论》、《中诗外形律详说》等也在其逝世后印行。

《旧诗新话》共有60篇诗话，前45篇作于1926年以前，可以说是为文学革命“呐喊”的文字。作者要“从古墓中掘出抒情诗来”，以历史中的白话诗为由头，倡白话、反纲常。其文不仅有学问、有见识、有性情、有才华，而且还透露着五四运动的热情、凌厉与欢快。而后面十几篇，则是关于自家诗歌的诗话。

《旧诗新话》中有一篇《双红豆》记述了他与江苏农民运动领袖周刚直的友谊。1924年元旦，周刚直送给刘大白一双红豆，过了几天又说：“此物是我故乡乡间所产。老树一株，死而复苏；现在存活的，只有半株。有时不结子，有时结子仅10余粒或百余粒不等，如将此豆作种别栽，又苦不易活；即活，也不容易长成；望它结子，更不知等几何年。所以此物颇不易得，实是珍品。”刘大白细观此物，颜色微紫，形状颇类心房，感叹古人以它为相思的象征，大约不是无故。刘大白睹物怀人，倍受相思之苦，作了三首红豆词。词前面还有一个小序：1924年元旦，江阴周刚直君赠我一双红豆，说：“此物是我故乡乡间所产”。1929年10月《旧诗新话》再版时，又增加了5篇，其中的《泪如红豆红》是刘大白在得知故友周刚直惨遭杀害后所作：“书一通，叶一丛，慰我相思尺素中，看花约我同。约成空，恨无穷，死别吞声泪泗重，泪如红豆红。”并在序中说周刚直

"因为提倡农民合作的缘故，被赏以赤化的罪名，惨遭杀死了！我知道，周君底心是赤的，周君底血是赤的，周君赠我的红豆，也可以算是赤的：除此以外，甚么是赤的呢？……然而江苏省议员勒令他赤，江阴县知事勒令他赤，五省联军总司令勒令他赤，他又怎能不赤呢？于是三刀斩下，赤血横飞，而周君便真的赤化了"。《泪如红豆红》表达了诗人相约成空、此恨无穷的悲痛心情，词中的情感热烈，似乎能听到诗人的声声泣诉。

西安书友文泉清寄我一部台湾版的《旧诗新话》，中华民国七十年（1981 年）3 月庄严出版社三版。系该出版社出版的"古典新刊"之五，封底印有出版《古典新刊》的宗旨："创行《古典新刊》的目的，在于以浅近生动的白话，透过现代学术研究的眼光，重新阐述中国古典作品，包括哲学、历史、文学、艺术等，使国人能够了解先民伟大的心血结晶，浸泳于浩瀚的书海中，获得中国人特有的人生智慧与才情气概，从而享受到读书的性灵乐趣。"

该书由蒋梦麟作序。蒋梦麟是刘大白的老同事，也是老朋友，他们相识于 1917 年，当时刘大白任浙江省议会秘书，1928 年，蒋梦麟任职浙江教育当局，他找到了当时在复旦大学任教的刘大白，想让刘大白任自己的秘书，他对刘大白说："大白，有人不敢请教你，有人不配请教你，我也敢，也配。你来不来？"刘大白说："来。"就这样做了蒋梦麟的秘书，后来蒋梦麟升任教育部长，刘大白也被任为次长。

蒋梦麟的序作于民国四十六年（1957 年），说明台湾版的《旧诗新话》初版于 1957 年。该书有诗话 60 篇，删掉了那篇《泪如红豆红》，因周刚直是国民党当局杀害的，所以台湾地区的出版物不可能收录这种揭自己疮疤的文章。虽同样是 60 篇，但也不是完全按初版本照排的，因为初版本是 1928 年 5 月出版，而台湾地区的《旧诗新话》中有 1928 年 9 月的文章，台湾版的《旧诗新话》是从刘大白的作品集《白屋诗话》、《旧诗新话》和《白屋说诗》3 本集子中选编的。

刘大白是提倡新文化运动的主将之一，作为清朝的举人，他的旧学功底深厚，可他反对传统文化的情绪尤为激烈，他与胡适等人不遗余力地提倡白话写作，并致力于新白话诗的创作，为新文化运动的发展做出了巨大的贡献。

2006 年 8 月 12 日于《泰山周刊》编辑部

蒲松龄的幸福生活

由于淄博朋友的热情相邀，我曾两次到蒲松龄纪念馆和蒲松龄书馆拜谒，两次探访，去寻觅这位世界短篇小说之王的足迹，与蒲松龄亲密接触。

蒲松龄纪念馆位于淄博市淄川区蒲家庄，是在蒲松龄故居的基础上扩建的，聊斋原有正房三间，东西厢房各一间，正房是蒲松龄出生和去世的地方。走进正房，上有蒲松龄的身后知己路大荒先生题写的“聊斋”两字，正中挂有蒲松龄画像，是蒲松龄74岁时，他的小儿子蒲筠请寓居济南的著名画师朱湘鳞所画。

画像上有蒲松龄的亲笔题跋两则，一则曰：“尔貌则寝，尔躯则修，行年七十有四。此两万五千余日，所成何事，而忽已白头？奕世对尔孙子，亦孔之羞。康熙癸巳自题。”

一则曰：“癸巳九月，筠嘱江南朱湘鳞为余肖此像，作世俗装，实非本意，恐为百世后所怪笑也。松龄又志。”

画像两旁悬挂着郭沫若题写的楹联“写鬼写妖高人一等，刺贪刺虐入骨三分”。房间西侧是蒲翁的会客室，这里有他当年用过的坐榻，中间放个矮桌，在这里会客、聊天。南窗下有书桌、砚台等。东侧为卧室。

由此看来，蒲松龄的生活是过得去的，而不至于像传说中的穷困潦倒。否则，家人是不可能也没条件专门从济南请来画家为蒲松龄画像的。

蒲松龄书馆在淄博市周村区西铺村，是明末户部尚书毕自严家宅的东跨院，是蒲松龄在毕府教书、读书、著书的地方。蒲松龄32岁时受聘到毕府教书，70岁撤帐返里，在这里生活了38年。

蒲松龄书馆有三进院落，拐进影壁墙步入第一个院落，是青砖灰瓦、斗拱飞檐的“绰然堂”，蒲松龄在这里设帐教书；第二个院落中有一二层小楼“振衣阁”，《聊斋志异》和全部俚曲的创作是在这里完成的；最后院落是后花园，有花棚，有种荷养鱼的池塘，后面是一座三层建筑——万卷楼，该楼为清康熙初年为藏书而建，后来重建，抱柱上楹联为“万卷藏书宜子弟，十年树木起风云”。据说此楼曾藏书五万余卷，为蒲松龄读书写作提供了便利。

毕自严一生著述颇丰，有百余卷著作传世，与蒲松龄惺惺相惜，宾主关系融洽。因此，蒲松龄所得报酬一定丰厚。蒲松龄在此过着衣食无忧的教书、读写生活，还可以把银子寄回家中，养活一家老小，是一般塾师所无法企及的。毕府与新城王家世代联姻，使的蒲松龄得以在毕府结交官高位显、有一代诗宗之誉的王渔洋，并深受王渔洋赏识，为他的《聊斋志异》题诗：“姑妄言之姑听之，豆棚瓜架雨如丝。料应厌作人间语，爱听秋坟鬼唱时。”为《聊斋志异》的传播起到了重要作用。

此情此景让曹雪芹看到一定羡慕不已，曹氏晚年在西山的茅屋里过着举家食粥的日子，哪有蒲氏的潇洒。即使身后，曹雪芹也没蒲松龄风光，曹雪芹尽其一生、数易其稿创作的《红楼梦》也只有半部传世，引得好事者狗尾续貂，凭空幻化出种种结局，且数次遭禁。蒲松龄的《聊斋志异》则幸运的多，可以完整流传。几百年来，《聊斋》故事在民间广泛传播，经久不衰，先后被译成20多种文字，成为世界人民的共同精神财富。

尽管蒲氏作品里讽贪刺虐，痛快淋漓，但他的仕途情结仍然很重，年复一年地参加科考便是明证，一直考到63岁，仍未考中。对他来说是人生憾事，但又是一大幸事。假若蒲松龄考中，中国官场只会增加一个平庸的官吏，而世间则少了一位文坛巨匠。

蒲松龄的大半生在毕府度过，在这里，有优厚的生活待遇，有良好的写作环境，有丰富的藏书可读，还有浓厚的文化氛围，作为文人复有何求？

2008年11月1日夜于秋缘斋

阿英与书

阿英原名钱德富，安徽芜湖人。阿英不但是中国现代著名作家、文学评论家，而且是我国现代著名藏书家。

阿英少年时代在家乡读书，青年时代参加过五四运动，1926 年加入中国共产党。1927 年与蒋光慈等人组织太阳社，编辑《太阳月刊》、《海风周报》。1930 年加入“左联”，曾任常委，又任中国左翼文化同盟常委。孤岛时期，与郭沫若、夏衍创办《救亡时报》，主编《文献》杂志。解放战争期间，先后任华中文协常委、华东局文委书记、大连市文委书记。解放后任天津市文化局长，天津市文联主席，兼任《民间文学》主编。

阿英一生著述，包括小说、戏剧、散文、诗歌、杂文、文艺评论、古籍校点等共有 160 余种。其中，《晚清小说史》等有日译本、德译本；《李闯王》有捷克译本。

阿英一生爱书，只要手里有钱，就要到书市去，城隍庙、西门、四马路、琉璃厂、劝业场、前门小市、东安市场、宣武门小市、西单市场、隆福寺、通学斋、头发胡同，大大小小的书店，他没有不熟悉的，他说起书店来也如数家珍。

苏浙一带的书价低，罕见的书也多，阿英便常常前去访书，有时一两天，有时七八日。沿途每到一地必先访书，一次他到达苏州时，书商们已收了市，有的人家连灯也都熄灭了，他便挨户敲门，看了几家，时间太晚了，连门也敲不开了。回到旅店，饭也来不及吃，就先翻看买来的书。第二天早晨 6 点半，他又继续敲门访书。

1936 年 4 月，他为访书专程去杭州、绍兴、余姚、宁波等地跑了一个星期，收了700余册小说。

阿英还写了不少淘书、访书的文章，像《城隍庙的书市》、《西门买书记》、《海上买书记》、《苏州书市》、《苏常买书记》、《汴陵买书记》《浙东访小说记》等等，记载了他在访书过程中的酸、甜、苦、辣。阿英曾作有一联自嘲："孜孜写作缘何事？烂额焦头为买书。"

他在《海上买书记》中说："买书究竟是一件太苦的事，在我个人矛盾尤深，因为旧书的价格都是可观的，价高的有时竟要占去我一个月或两个月的生活费，常常使自己的经济情况陷于极端困难。而癖性难除，一有闲暇，总不免心动，要到旧书店走走。"施蛰存在《旧书店》一文中说："一次阿英在城隍庙桥上旧书摊淘书一堆，老板要价5元，还3元不卖，大概要4元，便向我借一元才将书买到手。"

阿英特别喜爱周作人的著作，在他的《文代会日记》中记载他陆续访到的周作人著作就有《秉烛后谈》、《书房一角》、《自己的园地》、《苦竹杂记》、《苦雨斋叙跋文》等，多达26册。

柯灵在《阿英散文选》序言中说："任何磨难都没有使阿英放下武器。我查了《阿英文集》中的著作目录，从1928年到1941年，他在上海期间，著述编订并已出版的作品，就有66种之多。如果每种估它10万字，那就在600万字以上了，这就是他对反动派响亮的回答。他的作品不断交换署名：钱杏邨、张若英、阮无名、钱谦吾、黄锦涛、张凤吾、魏如晦……但不管他怎么换，也逃不了被查禁的命运。幸而查禁并不能扼杀作品的生命，它们还是在人间流传，有的就这样传到后世。"

解放后，阿英陆续捐献给国家相当数量的珍贵图书，现残存的两张文化部文管局签发的阿英捐赠书单记载着：1954年12月26日，一次捐献明版书7册，1956年，一次捐献明、清善本书75册。

1979年，三联书店香港分店出版了由吴泰昌主编的《阿英文集》。吴泰昌在回忆阿英时说："阿英总是早早地在那宁静的书房里生起火炉。晚上，他不愿过多的应酬交际，他爱围炉坐着看书。他一生爱书，爱读书，

每当他阅读到一部好书有所得时，总是情不自禁地泛起会心的微笑。”

“文革”期间，阿英被戴上了“叛徒”、“反党分子”的帽子，1966年夏，戚本禹传达了陈伯达的指示：封存阿英的书房，任何人不准动。阿英当时还以为是件好事，是陈伯达好意关照。因为阿英的藏书是有名的，陈毅、郭沫若都曾来看过书，陈伯达也来看过书，借过书。事过不久，陈伯达的卑鄙用心就暴露了，陈伯达以“审查”为由，亲笔手谕，抢掠了阿英的全部藏书。失去了他所钟爱的书，他的精神受到了严重的打击，长期的郁闷，以至染上了癌症，“文革”后期，他的藏书才得以退还了一部分。

阿英的女儿钱璎说：“父亲在生命垂危的日子里，他的床边堆满了书，西北墙角，从地面斜码到屋顶，宛似一座书山，这些书都是他几十年来，从上海、北京、天津、苏州、大连等处书摊、书店，花了无数的心血搜寻来的。”

1977年6月17日，阿英去世后，他的子女将他的一万余册藏书，全部捐献给了家乡安徽省芜湖市图书馆，馆里专为他建立了“阿英藏书陈列室”。阿英穷毕生心血苦苦搜集整理的中国近现代文学作品，为文学研究积累了丰富而宝贵的史料，它不仅是丰厚的物质财富，同时也是价值难以估量的精神财富。

2003年8月13日夜于秋缘斋

孙犁和他的《书衣文录》

孙犁爱书异于他人，凡从市场或书摊买回之古旧书籍，他必定“曝之日中，刷之擦之，粘之连之”，必使洁整而后稍歇。他从小就有包书皮的习惯，他“容不得书之脏、之残，每收书必包以封皮”，孙犁包书不是只包自己心爱的书，而是全部都包，他的包书用纸也是废物利用，从《孙犁书话》中可以得知他的包书用纸的来源：“余近年用废纸装书，报社同人广为搜罗，过去投入纸篓者，今皆塞我抽屉。”“自淮舟送残纸一卷来，包线装书将及百本，纸不用尽，则心不能安。”“再向马英索摄影封套 6 枚，用以裹书。”“适市委宣传部春节慰问病号，携水果一包，余亟倾水果，裁纸袋装之。呜呼，包书成癖，此魔症也。”这样从八方捡索而来的包书纸，使得孙犁藏书——“书橱之内，五颜六色，如租书之肆，气象暗淡，反不如原来漂亮，而余乐此尚未疲也。”

20 世纪 70 年代初，孙犁身体被“解放”了，但还不允许他创作发表作品，他便在家里整理抄家后退还的藏书。“利用所得废纸，包装发还旧书，消磨时日，排遣积郁。”每当他翻检、修整这些书籍时，常常随翻随读随想，并随手把所感记在书的封皮上，称之为“书衣文”。

80 年代以后，他的书衣文录，从形式到内容，有了很大变化，发展成读书、论世、抒发心灵感悟的一种文体。文字很短，然意蕴极深。比如当他身处非常时期，只能作“寒树之蝉鸣，秋草之虫吟”时，在《西游记》的封面上，写了书的版本、来历之后，又有这么一段“书箴”：“淡泊晚年，无竞无争。抱残守阙，以安以宁。唯对于书，不能忘情。我之于书，爱护备至：污者净之，折者平之，阅前沐手，阅后安置。温公惜书，不过

如斯。勿作书蠹，勿为书痴。勿拘泥之，勿尽信之。世道多变，有阴有晴。登山涉水，遇雨遇风。物有聚散，时损时增。不以为累，是高水平。”这 96 个字可袒露其爱书之心，是一位爱书人的自画像。

在《湖海诗传》上写道：1975 年 5 月 29 日灯下。人之相逢，如萍如水。水流萍滞，遂失其侣。水不念萍，萍徒生悲。一动一静，苦乐不同。

还有一些话，读起来有一种警世箴言的味道。比如在《曲海总目提要》上这样写道：人恒喜他人吹捧，然如每日每时，有人轮流吹捧之，吹捧之词调，越来越高，就会使自己失去良知，会做出可笑甚至危险的事来。败时，吹捧者一笑散去，如小孩吹气球然。炮仗之燃放，亦同此理。

有的只写一两句话，但寓意极深。如在《藕香零拾丛书第六册》上写道：梦中屡迷还乡路，愈知晚途念桑梓。作家“解放”后的第一本散文集题名《晚华集》，书的扉页上印着这句话，代表着全书的主旨。

有些书衣文与书毫无关系。他在《司马温公尺牍》中写道：1976 年 1 月 11 日灯下。世界舆论：五洲一盏灯灭了。谓周逝世。强忍热泪听广播。南通社称：中国无周，不可想象，然已成铁的事实。另一外人断言：无人能够代替他。另一外人评述：失去他，世界就和他在时不一样了。共同社称：北京市民静静地克制悲痛的心情，排队购买讣告。

1976 年 1 月 13 日，他在《画禅室随笔》一书上写道：今晚至邻居家看电视：向总理遗体告别。余多年不看电影，今晚所见，老一代发皆霜白，不胜悲感。邓尚能自持，然恐不能久居政府矣。这两则书衣文记录了周恩来逝世的消息，以及世界各地人民及作者的悲痛心情。孙犁向无日记，这些书衣文实际上就是孙犁这些年来的日记片段。

孙犁当时在书皮上写下这些文字不是为了发表的，“文革”结束后，他才把这些书衣文整理汇集，陆续在一些报刊上发表，并被收录到《孙犁散文集》、《耕堂杂录》等书中。1998 年 5 月，山东画报出版社出版了《书衣文录》单行本，书中收录了孙犁 1956 年到 1990 年所写的书衣文 270 则。

孙犁讲过清代藏书家黄丕烈的故事，黄丕烈对书有一种特殊的感情：好像所触非书，是红颜少女。这正是对他自己的一种写照。黄丕烈曾搜购宋版书百余种，藏于一室，名“百宋一廛”，意思是百部宋书存放处。黄丕烈精于校勘，他为自己的藏书作注，说明版本源流、收藏传授。他每得珍本，必作题跋，后人辑成《士礼居藏书题跋》一书传世。孙犁的《书衣文录》，或许是借鉴这位干隆时代举人的做法。

孙犁喜欢“一人在室，高烛并肩，庭院无声，挂钟声朗，伏案修书，任其遐想”的书房境界。灯影里，我仿佛看见孙犁又在伏案包书，提笔书写题跋了。

2003 年 12 月 21 日于《泰山周刊》编辑部

第二辑

书缘情缘

鱼雁忘年交

——我和谷林先生的情缘

"谷林先生走了！"噩耗传来，我呆了半天。尽管生老病死是一种自然规律，但还是不愿听到这种消息。我又给《开卷》执行主编董宁文打电话，得到了证实。宁文兄说，谷林先生1月9日上午8点左右走了。我禁不住泪流满面，哽咽难语。我拿出珍藏的谷林老写给我的信件，一封封翻看着，那清秀工整的墨迹，亲切的话语，恍惚间仿佛感到在亲聆先生謦欬。

谷林先生原名劳祖德，1919年12月出生于浙江，中华人民共和国成立前曾在银行工作，后在文化部出版事业管理局任会计。1975年调中国历史博物馆参加历史文献的整理。1989年退休。出版有《情趣·知识·襟怀》、《书边杂写》、《答客问》、《书简三叠》、《淡墨痕》等。

我与谷林老结缘是在2005年，我主持的报纸增设了4个文学版，并邀请了一些文学界老前辈开设了专栏，定期给各地作家寄阅。2005年8月23日，收到谷林先生的来信：

阿滢先生：

承龚明德先生的介绍，获近清光，开荷赐寄尊编《泰山周刊》两期，统已拜领，敬谢厚惠。此次乍睹漫笔三则，已钦博览妙绪，得未曾有，深为驰系，作者中稼句、宁文，亦皆素交，乃蒙不弃，垂及葑菲，所惜衰朽壮不如人，今更迟暮，见闻寡陋，那堪"却笑老健忘，掩卷已不记耶"？力不从心，非敢抗命，且

待徐徐图之，庶免轻诺寡位，至祈谅察！

此次赐寄8月2日《周刊》，得明德兄大作关于《玉君》之后半，渴望能识全貌，敢乞补赠其前文，不知是否刊在7月下旬之一期，尚有存报否？先此申谢，不尽一一。

谷林拜复8月7日

谷林老所提到的《玉君》是龚明德先生的书话《累遭误解的〈玉君〉》，由于文章太长，分两次发了两个整版，当时由于疏忽只给谷林老寄去了后一期。收到信后，马上找出上一期寄了过去。12月份，谷林老新著《书简三叠》由山东画报出版社出版后，就签名寄来一册。该书收录了他致扬之水信53通，致止庵信49通，致沈胜衣信43通。读书信和日记是了解一位作家最有效的途径。先生的学识、修养、历练皆到了一个常人难以达到的境界。那段时间，睡前读先生信札，成了习惯。

2006年7月，我主编的《泰山书院》创刊后，在第一时间给先生寄去。不久接到了谷林老大札：

阿滢尊兄：

7月25日接到《泰山书院》创刊号，喜幸之至，看了目录，即在下面题了“谅承主编之惠”6个字，因为先前已数获《泰山周刊》的赐赠，虽未见手教，也已属心知，当下即按刊上所载地址写好一枚信封，以自策励，准备日内即阅读数篇，备致书申谢。但连日闷热，又每有琐杂，竟拖延至于半月，歉愧奚似！直到昨天，在一夕雷雨之后，难得清爽，乃首读《秋缘斋书事》，又续阅开卷首3篇，至餍所望，但目力甚衰，时不我与，4篇读罢，一日遂暮，百岁无多，难以耄及，年来搁笔已久，阅读亦相偕递减，思之惶惧，终亦无可如何，惟久邀厚爱，乃草草拜寄小笺报谢，尚乞鉴原为幸！敬颂暑祺，不尽所怀。

弟谷林顿首

2006 年 8 月 15 日

拙著《秋缘斋书事》出版前，分别请黄裳、流沙河先生为封面、扉页题签。内文分为 4 辑，便想分别请谷林、来新夏、文洁若和李济生 4 位先生为辑封题签。8 月 24 日，给谷林老写信请求题签，并寄去了拙著《寻找精神家园》。等了几个月，没有回音。我想以谷林老的性格只要收到信件肯定会回复。是先生病了？还是没有收到我的信件？我心里一直惶惶不安。11 月 18 日，我去信询问，并附了回函邮资。谷林老回信寄来了两份为拙著的题签，一为粗笔竖写，一为钢笔横写，皆钤“谷林”白文印章。先生信中说：

阿滢兄：

11 月 18 日惠函于 25 日收到，承赐四十七期周刊两份，谢谢。附下邮票 5 枚，嘱写“秋缘斋书事”。我恍惚记得曾经写寄过的，于是翻查日记，见 8 月 28 日收到您寄下《寻找精神家园》一册，我则于 8 月 30 日以《答客问》一册还寄，“另作小柬寄阿滢题签”日记太简单，没有记下题签内容，此刻推想，当是此所嘱件也，以上分别投寄共 3 件，都交平邮寄发，是否未收到？乞向左右查问一下。弟不解书法，写得不成款式，姑重写一份附呈，以后再不敢涂鸦出丑了。邮票 5 枚，仍附还。弟因老妻有病，可能在下周内迁住下址，以便女儿照料，单位分配住房，可能明岁夏秋间始能迁往，此处就不复归来了。即颂

撰祺！

弟谷林上

2006 年 11 月 26 日

原来先生曾经给我寄来了题签，而且还寄赠大著《答客问》签名本，多么珍贵的签名本呀，让邮政局弄丢了。好多师友的赠书都是这样不明不白地销声匿迹了，为此，我对邮政服务质量之差深恶痛绝，但又毫无办法，因为平寄的邮件根本无法查询。谷林老搬到女儿家居住，在信的下方留下了他女儿家的地址。

2007 年 4 月，《秋缘斋书事》终于出版了。拿到样书的当天下午，用快递给谷林老寄去 4 册。5 月 10 日，拜收谷林老大札：

滢兄尊鉴：

节日拜领惠赐《秋缘斋书事》大著，喜出望外，印刷的墨色鲜朗，所用的字体略大，得之，直若宋元珍本，我可以暂把放大镜阁置一边了。“去日苦多”，未尝不想补求“晚学”，又受白内障的折磨，又苦记忆衰退，所以徒负虚愿而已。弟的字迹不成模样，沾污嘉笺，惭愧至极，以后只能藏拙，再不敢率尔点染矣。专此奉谢。并颂撰祺！

弟祖德敬叩

2007 年 5 月 3 日

平时怕影响他的正常生活和写作，一般不主动与老人联系。2007 年底，按习惯给谷林、文洁若、袁鹰、黄裳等老先生寄去新年贺卡。谷林老收到贺卡后回了一封长信：

阿滢尊兄台鉴：

赐寄鼠年贺卡，是我于 12 月 16 日收到的第一张，不答则失礼，如也去买贺卡，则既嫌花费，又感被俘虏了，成为贺卡队员，殊不甘心，我思考了一阵，于是写此信，希望你能转到我一边来，成为反对派，以后不再使用贺卡，不客套，有事改为写信，有闲暇谈谈心，增加互相更多的理解，友情日进，终成老友故交，岂非至乐？

赐卡说感谢我“长期以来的大力支持”，我不禁惭愧，我支持了你们什么呢？我的印象是你们的版面在一些四开小报中颇具特色，自成一格，我对此颇有好感，因为见得不多，所以对作者队伍、文风格调方面，就谈不出什么来了。

阿滢这个名字，我是记得的，我喜欢这个名字，这说不清什么道理，也算是一种缘吧。我猜想你很年青，精力饱满，我则是90老翁了，对此自然不必再有什么指望，已经黄昏日暮，记忆衰褪，眼光发花，读得慢，忘得快，文章断断写不成，便是写日记、写信，也有困难，接近年头岁尾，收信稍多，就有应付的麻烦，于是自定章程，每天限写一封。说是“限写”其实不准确，更多的乃是前一天写一通，第二天又歇一天，这里不免有点倚老卖老的毛病，明知故犯。

这封信，你当然不必答复，我们已经一来一往，完成了一个回合，你如果愿意，以后你认为满意的版面，希望能挑选出来寄赠，我如果读后有意见，精力恰值较好，也乐意跟你谈谈，其时或能写几行短话寄你，你就“且听下回分解”了。

我目下的健康情况大致还过得去，每天服用一片安定，不服别的什么药，也好几年没上医院。我怕出门，不想追求百年长寿，所以也不去排长队作检查，我自己只作5年的打算，如遇三长两短，但望抓个安乐死。

北京碰上暖冬，“三九”的日子也无冰雪，专此垂谢，即颂撰祺！

祖德于2008年1月10日

实在不忍心再打搅先生，收到信后，也没回信，恐怕只要给他写信，又增加他的工作量。9月份，我的新著《秋缘斋书事续编》出版后，因书中收录了谷林老手迹，便把该书和新出刊的《泰山书院》一并寄去。杂志

开设了一个“文人写泰山”栏目，拟邀请各地文人题写“泰山”二字并作跋。在给先生信中顺便问了一句，能否题写“泰山”二字。10月10日，收到谷林老回函：

阿滢道兄：

尊编《泰山书院》第二卷并《秋缘斋书事续编》均于日前拜领，至所感荷。读到书前介绍，知华诞在1964年9月，英年俊才，尤为向慕，较之拙人，自伤老大，盖我竟虚度45年，已近九旬，两年来不能出家门，起坐艰困，目眩头晕，纸笔皆废，大函乃嘱题字撰跋，曷可承受，敬谢台命，但有厚谢微忱。敦煌遗简云：“君生我亦生，我生君已老。君恨我生迟，我恨君生早。”今则只得为之改作：“我生君未生，君生我已老。百年旦夕间，相逢成一笑”焉，或幸相晤会于再世乎。统乞鉴谅！

谷林顿首

2008年10月5日

先生信札仍像往常一样字迹工整，一丝不苟，没有一丝潦草。先生似乎感到来日不多，信中流露出伤感之情。和先生相交几年来，只是鱼雁往还，一直缘悭一面。但没想到先生一句话“或幸相晤会于再世乎”，竟成谶语。2008年元月10日的信中还说作5年的打算，仅仅过了一年，先生就离开我们，撒手而去。

先生一生淳朴恬淡，荣辱不惊，与世无争。晚年更是达到一种“大道低回，大味必淡”的境界。谷林老平静地走了。他的著作、他的信札、他的思想将永远陪伴着我们，教我宽厚，教我上进。

2009年1月10日夜于秋缘斋

此情可待成追忆

——我与文洁若的书缘

一

辛酉金秋，在北京召开的第三届全国读书报刊研讨会上，认识了仰慕已久的文洁若先生。文先生穿着朴素端庄，一头微卷的长发，那神态、那少女般甜润的嗓音，谁也不会相信在面前的是一位78岁的老太太。

几天的会议，相互熟悉，共同的话题也多了。会议的组织者安排与会人员参观老舍故居和周作人故居。1950年秋，文洁若在三联书店工作，在同事、诗人方殷的婚礼上，文洁若第一次见到了老舍。老舍西装革履，作为主婚人站在师大女附中礼堂的讲台上。新娘子是该校的优秀教师，和新郎都属大龄青年。女学生们笑个不停，整个礼堂充满了欢乐的气氛。老舍风趣幽默的谈吐，给文洁若留下了很深的印象。然而，由于惟恐勾起对“文革”那段不堪回首岁月的回忆，文洁若以前从未进过丹柿小院。如今的丹柿小院，早已是人去房空，她默默地、仔细地看着房内的陈设，猜想着原来是什么样子。在八道湾鲁迅和周作人的故居，曾伺候过鲁迅的老保姆的外甥女张淑珍后来也给周家当过保姆，而今已是85岁的老人了，她一直住在这个已被无规则盖起的一个个小屋子破坏了原来格局的小院里，文先生认真地听老人讲述苦雨斋的变迁。

从八道湾出来，我们又驱车去布衣书局淘书。文先生一直陪伴着我们，我们在书架上搜寻着“猎物”，她悠闲地坐在藤椅上翻阅图书。我在

一个书架的底层发现有一部萧乾纪念文集——《微笑着离去——忆萧乾》，吴小如、文洁若编。书中收录了各地报纸报道的萧乾去世的消息和纪念文章。书前附有大量的萧乾生前工作、生活图片。我买下书后，拿给文先生看。她见到这部书，眼睛一亮，问："你从哪儿找到的？我还想买这本书呢。"我说："这本书就送给您老了。"文先生说："不用了，我家还有一本。"文先生在书上题道："尽量说真话，坚决不说假话。录萧乾名言与阿滢先生共勉，文洁若，2005年10月15日于布衣书局。"

1954年，文洁若嫁给了离过3次婚的萧乾，婚后3年，萧乾就被列为右派分子发配到农场劳动。文洁若说："叫下去就下去。别说10年，我等你一辈子。"文洁若一个人带着3个孩子，在物质和精神的双重压力下，艰难地支撑起了这个家。回忆起那个年代，萧乾曾感慨地说："我的朋友中，好多本来可以幸福地一道生活一辈子的，却在超压之下，婚姻还是断裂了。可洁若丝毫也未动摇。""我们能恩爱至今，关键还是洁若顶住了57年那次超承受量的碾压。"

1998年萧乾去世后，孩子都在国外工作，劝她出国，也好照顾她的生活，为她办理了几次出国手续，她都没有去，因为她深深地爱着自己的祖国，尽管到国外无论生活环境还是工作环境都会得到改善，但她还是坚持留了下来。

从北京回来后，我把与文先生的合影寄了过去。过了几天，我打电话问是否收到照片，我刚报出名字，电话里就传来了她亲切的问候，她说："照片和报纸我都收到了，谢谢你。你太胖了，以后要控制体重。我前几年得了脑梗。"我说："我没有看出来，您的身体很好呀。"她说："我就注意饮食，有时候家里连油都没有，就不炒菜，现在恢复得很好。"

文先生的生活极其简单，连保姆都没找，她听中医讲，茄子可以软化血管，又在报纸上看到，土豆、白薯、黑木耳、海带、紫菜等都对延缓动脉硬化有好处，于是她只买这些食品，家里除了西班牙进口的橄榄油，就只有食盐，连酱油、醋都不用。有时根本不炒菜，她“把大米、土豆片、胡萝卜片、紫菜放在电饭煲里一道煮，分成6份，可以吃两天。每周到饭馆去吃一次鱼，再叫上一盘烧茄子，剩下的带回来可以吃几顿。”弟媳妇看见她做的饭，说：“你这饭也只好你自己吃。”后来她到医院在神经内科做各种检查，脑梗的斑点居然奇迹般地消失了。

文先生给人的印象，和蔼可亲，平易近人。我藏有萧乾先生的几本书，在一次和文先生的通话中我说，等有机会到北京请文先生签名。她说，你寄过来吧，我签好名再给你寄回去。

文先生不但是作家，还是翻译家，她著有长篇纪实文学《我与萧乾》、散文集《梦之谷奇遇》和《文洁若散文》、随笔集《旅人的绿洲》、评论集《文学姻缘》等。在父亲的督促下，小学刚毕业，就在课余翻译了20卷近百万字的《世界小说读本》。1950年毕业于清华大学外国语文学系，后为人民文学出版社编审。退休后，反而比上班时更忙了，又编，又写，又译，萧乾先生曾风趣地称他们是“一对老人，两个车间”，他说：“洁若的书桌放在卧室，挤在我们那张大床旁边。由于搞翻译，她整个被英、日文工具书包围起来了。她是能坐下来就干上几个钟头的。”

文先生在日本文学翻译方面，取得了骄人的成就，她是中国个人翻译日文作品字数最多的翻译家。在长达半个多世纪的时间里，先后翻译出版了14部长篇小说，18部中篇小说，100多篇短篇小说，近千万字。2000年，为了表彰文先生在长达40年的时间里一直致力于日本文学的翻译和出版工作，日本方面向文先生颁发了“日本外务大臣表彰奖”，称她“为在中国国内普及日本文学作出了贡献”。

一直以来，人们都把爱尔兰小说家詹姆斯·乔伊斯的《尤利西斯》称为“天书”，一般读者很难读懂。1940年，萧乾曾从英国给胡适写信，说他正在读《尤利西斯》：“这本小说如有人译出，对我国创作技巧势必有大影响，可惜不是一件轻易的工作。”半个世纪之后，在文洁若的鼓动下，

老两口开始合作翻译这部巨著。这时，萧乾已是 80 岁高龄，文洁若说："一般是我先译一遍，萧乾再润色一遍，萧乾常常戏称我是'一个零件也不丢'——连一个虚词也不放过。"译完后，萧乾写道："很吃力，但也感到是一种惬意。因为一个奔 70 岁和一个已过八旬的老夫老妻，三四年来起早摸黑，终于把这座堡垒攻下来了。在这项工作中，洁若是火车头。她为此书放弃一切休息和娱乐，还熬过多少个通宵。从 1954 年 5 月我们搭上伙，她就一直在改造着我：从懒散学到勤奋。译《尤利西斯》是这个改造过程的高峰。"1994 年，凝结着萧乾和文洁若的心血和汗水的《尤利西斯》由译林出版社出版后，在全国掀起了《尤利西斯》热。

文先生看了我主编的《泰山周刊》后，说："以后我可以给你投稿，你的报纸需要多长的稿子？我刚写了两篇可以配合抗战胜利 60 周年的稿子。"我说："长短都可以，您再配上几幅图片寄给我，我给您发一个整版。"文先生说："这几天挺忙的，书还没来得及给你寄，因为萧乾塑像官司的事忙了几天，有好些稿子要写，过几天给你寄书去，我又给你加了一本。"

过了几日，便收到了文先生的挂号邮件，文先生除了在寄去的 3 本书上题字盖章签名外，还另赠我一本《中国现代文学百家——萧乾》，文先生在扉页上题道："谨呈阿滢先生，洁若敬赠，2005 年 11 月 15 日"。并盖有萧乾和洁若两枚印章。文先生在信中说："阿滢先生：谢谢照片，有两张将来可选入影集。附上稿子 2 篇，12 月起，集中力量译一部夏目漱石的作品，不再写零星稿件了。匆致冬祺。文洁若 2005 年 11 月 23 日"。文先生随书寄来了《中国人如何看待日本右翼作家三岛由纪夫》及《维尔高尔的〈海的沉默〉和三岛由纪夫的〈忧国〉》两篇稿子。

"人生最大的快乐莫若工作"，"工作最大的报偿，是从完成了它而得到的快慰。"文先生写完这两篇短文，又全身心地投入了新的翻译工作中去了。就像萧乾先生生前所说："浪波的寿命总归短暂，大海则是永恒的，我原来自大海，将回到它的怀抱。我所有的一切，都是它给予的，直到最后一滴。”

二

与文洁若短暂的接触，被她的生活态度、创作精神所折服，遂把与她的交往写了一篇《我与文洁若的书缘》，我有个习惯，凡是写人的文章在发表前都要请被写的人看一遍，以免出现错误。我跟文先生说，我写了一篇有关她的文章，想让她看一下。文先生说：“你给我发传真吧，我这个电话就带传真机，我看完后，再给你传过去。”

当天下午，文先生来电话说稿子看完了，已作修改，但却把文稿发给了湖南的《书人》编辑萧金鉴。我告诉她传真机号码，一会儿工夫，文先生把稿子传了过来。她说：“自从开了朝阳那个会，我实在吃不消了。我已 78 岁，脑梗后遗症还有，强挺着，各方面组稿我招架不住。所以刚才把稿子传错了。”她说近期还有两部书要写，对一个老人来说，也确实太累了。

《藏书报》整版发表了《我与文洁若的书缘》一文，并配发了我与文先生在老舍故居前的合影，《海南日报》也刊发了这篇文章。并收入了我的散文随笔集《寻找精神家园》，董宁文主编的《我的书缘》一书也收录了该文。

河南《书简》主编王金魁去拜访文洁若先生时，拿出《我与书缘》一书，请文先生题跋。文先生就在《我与文洁若的书缘》那页的上方题道：“郭伟小文友用平淡的文字把我写活了，我很满意和自足。文洁若 2006 年 11 月 11 日于京华。”

我筹办读书杂志《泰山书院》时，给文先生打电话想聘她做顾问，她问：“就我一个做顾问吗？”我说：“还有流沙河、姜德明、丰一吟、陈子善、龚明德、徐雁、止庵、王稼句、自牧。”她说：“好！好！你办读书杂

志，我再给你写一篇谈读书的稿子，我给你写的字也写好了，等我写完稿子一块给你寄去。”文先生主动为我写稿，出乎我的意料。有这些文学界前辈及各地书友的支持，更增加了我办好这份杂志的信心。

不久收到文洁若先生挂号寄来的邮件，内有一本书，3篇稿子，还有一幅文先生为我的《秋缘斋书事》题签。书是文先生的著作《生机无限》，文先生在扉页上题道：“阿滢先生教正，洁若敬赠”钤有文洁若和萧乾两枚印章；3篇稿子是《从〈萧乾全集〉的出版说开去》《萧乾传略》和《萧乾的忘年交丸山开教授——一位有良知的日本学者》。文先生在信中说：

阿滢同志：

寄上稿3篇，可把其中《全集》寄给藏书报社的王雪霞。附上信一封。送您一本书。

匆致

编安！

文洁若

又及，如果杂志上3篇都能用，就等发表后，再转给藏书报吧。因为他们不给稿费。连铜像带打官司，我已赔了40万人民币。不得不考虑稿费。

今年不能再提供其他稿子了。

2006年4月1日

《藏书报》是有稿费的，是文先生记错了。信中所说的官司是她与陈明远关于萧乾铜像的官司，2002年秋天，文洁若委托陈明远代理在上海滨海古园为萧乾建造墓穴和铜像事宜，共支付了26万元，及44张照片、9

封名人信件和一套 8 本的《萧乾全集》。文洁若后来了解到修建名人萧乾先生的墓穴和铜像并不要求出费用，就将对方起诉到法院，要求返还铜像赞助费、照片等相关财物。文洁若说："这么大岁数了又上法庭，我反倒认为有这种经历也很好。开始我真的很气愤，当年我和萧乾翻译《尤利西斯》才得稿费 3 万多元，还都捐给了《世纪》杂志。省吃俭用一辈子，26 万元对我来说不是小数目呢!"

读文洁若的回忆录《生机无限》，生出无限感慨。书中有这样让人心酸的话：有一次，我发现他（萧乾）萌生了自杀的念头，就用了激将法，说："你尽管死吧。你死了我一个人也可以把三个孩子拉扯大。可两个小的就不会再记得你了。人家会耻笑他们说：'你们的爸爸坏透了，是个对家庭对自己都极不负责的家伙。'"

当萧乾被下放劳动时，文洁若果断地说："你放心，有我呢。我是一只老母鸡，我要把你和孩子保护在我的翅膀下。"外表柔弱的文洁若在比她大十几岁的丈夫惊慌失措的时候，说出了这样一段英雄气概的话，真让人感动。真是一位英雄母亲，一位伟大的妻子。

在《泰山书院》创刊号上发表了文先生的《从〈萧乾全集〉的出版说开去》。文先生来电话说，《泰山书院》办得不错，在电话里她再三嘱咐我注意饮食，她说："我现在不吃甜食，不吃肥肉，瘦肉吃的也很少，多吃豆腐、鱼、木耳、紫菜等，现在体重还保持在 49 公斤。"

文先生对人总是有求必应，浙江一位书友淘到了萧乾先生的签名本，欲请文洁若鉴定真假，问我文先生地址，把书寄去，很快就得到了文先生的亲笔签名。在上海师范大学读研的宋俊娟，想在电话里采访文洁若先生，托我联系，文先生接到我的电话，就说："你的贺年卡我收到了，这段时间赶稿子太忙，没时间给你回信。"当我说有位女研究生要电话采访她时，她说："今天太忙，等 9 号吧，你让她 9 号打电话。"文先生又一再叮嘱我注意身体，慈母般的关心使我一直不能忘怀。

三

丁亥年（2007年）5月，收到文洁若先生寄来的一个邮包，捆扎包裹的绳子已经散开，如果不是挂号邮件，很难说是否能够如数收到。我小心翼翼地打开包裹，是我请文先生题跋的书。我突然有一种负罪感，我仿佛看到文先生吃力地抱着包裹，前往邮局寄书的瘦弱身影。那天在电话里说，我买了一些萧乾和她的书，以后有机会去北京时，请她题跋。文先生就说，你给我寄过来吧。我也没考虑，就用快递把书给文先生发了过去。她一位80岁的老人，孩子又都在国外，身边也没保姆，她抱着这么重的书到邮局去邮寄，也真够难为她的。

邮包中还赠我一本她的新著《俩老头儿》和一册2007年第二期《传记文学》杂志，该期杂志有文先生写的文章《王恩良的轮椅人生》。文先生在这些书的扉页上不但签了名，而且写了曾敏之悼念萧乾的十首诗，而且每本书上都盖了“萧乾”、“洁若”和“后乐斋”三枚印章。在傅光明著《人生采访者萧乾》上写道：“未名湖上少年游/笑看吴钩几度秋/国事艰危潮怒涌/也曾奋袂立潮头。文洁若敬录曾敏之悼念萧乾的诗一，2007年5月7日。”

诗二是写在文洁若和文学扑姐弟俩翻译的日本作家井上靖著长篇小说《海魂》的扉页上：“临危不惧走乡关/岭表曾传师道观/不为柔情销壮志/风云驰逐海天宽。文洁若敬录曾敏之悼念萧乾的诗二，2007年5月7日。”

诗三写在萧乾著散文随笔集《关于死的反思》上：“梦之谷里色斑斓/北国寒光映万山/一卷书成标奇气/顿教京派涌波澜。”

诗四写在萧乾著《往事随想》上：“欣作英伦万里行/剑桥学府驻文旌/只因一念酬知己/遂着戎衣逐战尘。”

诗五写在萧乾译1991年3月译林版《好兵帅克》上：“西欧战火漫疆场/大笔如椽如剑芒/誉满神州凭胆识/文思文采慨而慷。”

诗六写在萧乾译1956年4月人民文学版《好兵帅克》上："二战敉平日帝昏/眷怀家国数归旌/抛开世俗尊荣念/为向京华献赤心。"

诗七写在《萧乾文集·散文卷》上："一片葵心向祖国/谁操权术戮专才/悠悠岁月劫中老/销书豪情事可哀。"

诗八写在《萧乾短篇小说选》上："跋涉长途喻走圈/一圈一点记华年/耕耘难得双星美/文苑争夸传世篇。"

诗九写在文洁若著《俩老头儿》上："病室如田奋力耕/沉思世事见精神/掬诚为诉真实感/播向人间是正声。"

诗十写在《传记文学》杂志上："不需地图探人生/环宇曾看笔纵横/留得缥缈文万卷/名山熠熠见星辰。"

在符家钦著《记萧乾》的扉页上文先生录写了启功悼萧乾的挽联："忆昔时烽火沧桑笔底春秋久已流传不朽，乐晚岁优游文史年登九十堪称福寿全归。"

曾敏之曾任香港《文汇报》总编辑、文汇出版社总编辑，出版有各种作品集数十部。萧乾曾在2005年9月出版的《文传碧海——曾敏之的文学生涯与成就》的序中说："这个集子里收入了几十位作者对敏之兄长达60年的文学创作活动的评论，共分综合研究与作品评论二辑。还附有8篇作家专访，以及曾敏之文学活动、创作年表。本书的撰稿人均为研究中国现当代文学的资深学者。他们都热爱敏之兄的作品，各自从不同角度写出对敏之兄作品的理解，使读者阅读后对敏之兄的创作内涵有进一步的认识……敏之兄是我《大公报》时代的老同事，我们之间的友谊长达半个多世纪。他学识渊博，才华横溢，笔耕不辍，在散文、杂文、报告文学、游记等方面都取得了丰硕的成果。尤其难能可贵的是他不但写诗，并对我国古籍和古典诗词尤有独到的研究，这是我所望尘莫及的。"曾敏之是萧乾的老同事，从他为悼念萧乾所写的诗中可以看出两人的深厚友谊。

文先生在10册书上分别题写了曾敏之悼念萧乾的10首诗，使这10册不同种类的书形成了一个系列，成为极富收藏价值的珍贵藏本。

2007 年 5 月 20 日夜赤膊于秋缘斋，

窗外电闪不时跃入室内，时有隆隆雷声。

访姜德明先生

琅嬛是传说中神仙放书的地方，也是历代文人学士向往之所，现代学人中，成都龚明德之“六场绝缘斋”，上海陈子善之“梅川书舍”，苏州王稼句之“栎下居”，海口伍立杨之“浮沤堂”，济南自牧之“淡庐”，南京徐雁之“雁斋”……藏书之丰，亦可称为嫏环。然而没有斋名堂号的姜德明先生所藏新文学版本更是让同道称奇。巴金曾说，现代文学的藏书，除了唐弢就是姜德明最多了吧。

我买到的第一本姜德明先生的书是 1992 年四川文艺版的《余时书话》，这是一部新文学书话集，余时是姜先生的笔名，取业余时间写作之意。姜德明在自序中说：“近年来，我在翻检旧藏书刊时，那焦黄发脆的书叶，早已经不起反复摩挲，事后往往是落华满地，爱也爱不得，碰也碰不得，书与人一样，彼此都老了。我们相守了几十年，怎样才算个了结？我想最妥善的办法还是选择一些稀见的版本，一一写成书话，亦不枉我们相聚一场。”姜德明先生面对的哪里是书，分明是相知、相交、相通，难舍难分的挚友。自问也是爱书人，但对书的那种情感与姜德明先生实在无法比拟。藏书家都在为离世后藏书的聚散问题困扰着，孙犁先生 1985 年 11 月 3 日写给姜德明的信中也说：“正在考虑死后，书籍如何处理的事。所以也不再买书了。”姜德明把这些稀世版本，一一写成书话，便赋予了它们一个个鲜活的生命。

一次，在济南旧书市场一家书店的书架上看到了姜德明先生的《文林枝叶》（1997 年 9 月山东画报出版社出版），我马上抽出来拿着，惟恐别人抢了去似的。《文林枝叶》属杂家杂忆丛书，曾在一书摊上与我失之交臂，

一直耿耿于怀，淘到了这书终于弥补了数月的缺憾。

都说姜德明先生的好客和藏书一样闻名。当我打通了姜先生的电话时，他就邀请我到北京做客。拜访姜德明先生是心里的一个梦，一直没有机会。直到乙酉金秋，才实现了这个梦想。在赴京之前，我与姜先生联系，他说，你到北京后先来我家。到达北京后，就直接驱车来到人民日报社宿舍姜德明先生楼下，我按响了 201 室的门铃，上了 2 楼，姜德明已迎出门外。姜德明给我的第一印象，绝不像生于 1929 年的人。他说话不急不躁，不愠不火，不高言不高语，从内里透出一种温和。客厅里放满了书橱，满头华发的姜夫人为我们端上了热茶。我们被书簇拥着坐了下来，与姜先生聊天，几乎没有书之外的话题。

姜德明在天津上中学时，就开始买书。他常到天津天祥商场 2 楼的旧书摊访书，姜德明先生的好多珍藏，如曹禺的《正在想》、胡风的《野花与剑》等，就是从那里淘来的。解放后，姜德明先生一直在人民日报社工作。每天吃过午饭，就到东安市场的旧书店淘书。他不吸烟，不喝酒，不下棋，不打扑克，平生只有一好，书也。“他痴情于藏书，痴情于书话，除了书之外，我还没有发现别的更能让他陶醉的东西。”（李辉语）

姜德明先生在《买书钱》一文中说：“北京卖旧书的人也真有眼力，难得的书往往价高，这也可以理解。他们说收书的时候进价高，又是拉家带口的，谁不想多卖几个钱。不过也有被他们忽略了的漏网之鱼，比如一些页码不多的小册子，也不过一两角钱。天长日久，我先后就这样收得了几十种解放战争期间有关学生运动的小册子，不少还是文艺性质的，如一些诗刊，独幕剧集，纪念闻一多逝世周年纪念册等。那是一个斗争尖锐的年代，这些小册子都是为了战斗的需要适时而生，印数不多，非常珍贵。其中上海学联印的《新五月演义》，以章回体记民主运动的事件，摊主很精明，非 1.5 元不卖。这在当时是个高价，我只好忍痛购下。”

姜德明先生的淘书足迹遍布大江南北，即使在海外，也要到书店转转。到了日本，他探访了丸善书店，鲁迅当年留学日本时，就经常去该店买书。回到国内，还经常给丸善书店写信，委托他们找书。神田书店街，还有在中国赫赫有名的内山书店，也留下了姜先生的足迹。他一到美国就打听华文旧书店，但一些私人旧书摊和旧货店里的旧书都是外文版书，不懂外文的他只能望而却步。

藏书家最大的惊喜莫过于淘到配缺的版本，每个爱书人都有过这种惊喜，一套书只有上册，多年淘书未果，而在偶然间见到，那种兴奋是难以言表的。姜德明的这种经历就更多了，他曾在北京买到上海孤岛时期出版的“译文丛刊”之二《祖国的土地》一书，1941 年 5 月出版。这套书一共出了 4 辑，姜德明让京沪两地书店代配，毫无结果。二十几年后到上海出差，在一家旧书店中无意间发现了丛刊之一的《良心丢了》（1941 年 4 月出版）。他拿到手里摩挲再三，大喜过望。过了几天他再次来到这家书店，在旧书堆中又发现了丛刊之四《孩子们的哭声》（1941 年 7 月出版）。哪有这么巧的事呢，二十几年没配上的书，竟在几天之内，同一个书店里找到了两本。他真有点不敢相信这是事实了。当他准备离沪返京时，他又鬼使神差地来到了让他一生也无法忘记的这家旧书店，来书店似乎是为了和这家与自己有缘的书店道别，随便翻一下旧书，竟又从书堆中捡出了一本崭新的丛刊之三《神圣家庭》（1941 年 6 月出版）。这几本书有新有旧，品相不一，绝对不是从一位藏书者手中流失出来的，为了该书的配套，姜先生寻觅了几十年，而在短短几天里，连续出现奇迹，这不能不使姜先生认为是“书之神”的有意安排了。

姜先生出版了十几部书，一半书话，一半散文。他主编的“书话丛书”分上下两辑，上辑有：《鲁迅书话》、《周作人书话》、《唐弢书话》、《阿英书话》、《黄裳书话》、《巴金书话》、《孙犁书话》、《郑振铎书话》；下辑有：《曹聚仁书话》、《胡从经书话》、《倪墨炎书话》、《姜德明书话》、《叶灵凤书话》、《陈原书话》、《胡风书话》和《夏衍书话》。这套书话集，是中国书话界的经典之作。我在《旧书信息报》上的图书转让栏目里看到了转让广告后，从安徽一书友手中邮购了 15 册，缺《黄裳书话》。数年之后，一朋友又送我一套不全的“书话丛书”，我便留下了《黄裳书话》，其余的转赠石灵君。

我对姜德明先生说：“姜先生，我带来了一些您的书，想请您签名。”姜先生说：“好啊，那就到书房去签吧！”

书房里的书橱上半截带玻璃门，下半截是木门，上边放的都是新书，下面放的都是民国版本，这些书时间久了，怕日光暴晒。我们只是浏览了姜先生的新书，没有要求姜先生打开下面的橱门，这些书都已成了古董，已经不起人们的触摸了。

说起买书，姜先生说：“我当年的工资几十块钱，这些书刊虽然大多都是以几毛钱淘到的，但在那个时候也不算便宜。”姜先生在《书衣百影》(1906~1949）的扉页上题道：“阿滢先生正编，姜德明 2005 年 10 月北京”，并盖了印章。他拿起 1987 年人民文学版的《相思一片》说：“你还有这本书呀，这本书很难找了。”我说：“这本书是从中央党校图书馆流失出来的，上面还有中央党校图书馆的藏书编号呢。”姜先生又拿起 1997 年 1 月华夏出版社出版的《书香集》说：“这本书有二版。”《书香集》是姜先生选编的，辑选了 40 余位著名作家畅谈书籍的精彩篇章。我说：“这本书是福州的一个朋友寄给我的。我托朋友买您的书，买不到，见单位图书馆里有这本书就借了，寄给了我，您看上面还有单位的藏书章呢！”

1983 年 7 月百花文艺出版社出版的《绿窗集》，收入了作者散文 24 篇，袁鹰作序，小 32 开口袋本。我说：“这书是几天前河南濮阳的书友刘学文知道我来拜访您，寄给我的。这个开本的书我有孙犁先生的《远道集》和《晚华集》，还有吴泰昌先生的《文苑随笔》。”姜先生说：“这本书也不好找了。”

姜先生签名的还有《余时书话》、《流水集》、《书坊归来》等。

姜先生说：“上帝留给我的时间越来越少了，而手头还有许多事没有做，现在最急迫要做的是把我多年收藏到的多少还有一点儿价值的书刊，分门别类，将那些被文学史遗忘的人和事写一点儿书话，希望能够引起后人的兴趣、关注和研究。”

2006 年 1 月 6 日于《泰山周刊》编辑部

和弘征先生的一段书缘

丁亥暮春，到网上淘书，见有两种版本的《书缘》，因我曾出版过一部散文随笔集亦叫《书缘》，看到“书缘”二字，倍感亲切，毫不犹豫地订购下来。

不久，就收到了从湖南寄来的两本《书缘》，一本是弘征著，1993 年 12 月中国书籍出版社出版，作者系湖南文艺出版社编辑，是一部序跋及书评作品集；另一本《书缘》何祥初著，2004 年 11 月湖南人民出版社出版，作者是新华书店员工，是一部出版发行论文集。我的散文随笔集《书缘》，2000 年 12 月由经济日报出版社出版。这 3 种《书缘》我分别称之为弘版、何版、郭版。三本书摆在一起，很有趣。三人工作不同，经历迥异，却各写出一部名为《书缘》的书，亦为缘也。遂撰《〈书缘〉三种》一文，发表于湖南《书人》杂志。

济南书友徐明祥读到《〈书缘〉三种》后说，他与弘征曾有联系，弘征是知名诗人，原名杨衡钟。曾任湖南文艺出版社社长、总编辑，《芙蓉》杂志主编，系国务院古籍整理出版规划小组成员，湖南省人民政府参事。出版有《青春的咏叹》、《唐诗三百首今译新析》、《艺术与诗》、《书缘》、《杯边秋色》、《望月楼印集》和《现代作家艺术家印集》等著作。徐明祥亦想买部《书缘》，我又到孔夫子旧书网搜索，为明祥兄代订一册。

收到书后，我便把拙著《秋缘斋书事》和两本弘版《书缘》，连同《〈书缘〉三种》一文一并给弘征先生寄去，请他为我和徐明祥题跋。很快就收到了弘征先生的签题，他为我题道：“阿滢先生爱书，青及十数年前拙著，寄湘嘱题，以留纪念，谨书数语志缘，并祈指正。丁亥夏日，弘征。”

弘征先生附信曰：

阿滢先生：

承惠大著敬领，大文亦已拜读，拙著浅陋，实不足观，以身在编林，略纪胜缘而已，承拾及并明祥先生有托，谨书小识，奉隔。

拜读大文，既感《书缘》之盛，而弟在十数年前，亦有小文刊《中国文化报》，以记当时偶感，现谨复印奉上，或可供作补充，耑此顺候

文祺！

弟弘征顿首

6月15日

1956年，弘征先生因一首《长江大桥》的诗被郭沫若朗诵而声名鹊起。与巴金、秦牧、丁玲、沈从文、钱君匋、曹辛之、柏杨、龙应台等作家、艺术家素有交往。弘征先生是一位有超前意识，遇事果断，敢作敢为的人，他最早把三毛作品介绍到大陆出版。连续出版了十几部三毛著作，三毛清新的文风，让受到禁锢多年的大陆人耳目一新，立刻洛阳纸贵，在大陆引发三毛热。他与三毛只是书信往来，阴差阳错，一直缘悭一面。

弘征先生也是最早把柏杨介绍到大陆的人。1986年9月，他任湖南文艺出版社副总编辑，因社长住院，由他主持工作。柏杨的《丑陋的中国人》刚刚在台湾出版，弘征看到立刻意识到这部书一定畅销，并会产生很大的影响，也会为出版社带来丰厚的利润，他马上找社长商量出版。在当时出版这种书有一定的风险，于是他自己亲自担任责任编辑。日夜守在印刷厂，边排边校，十几天就出书了。在社会上引起了强烈的反响，订货者排队守候，两个月时间就印了90万册。柏杨先生把中国比作“大酱缸”，

个别人就是“酱缸蛆”，有些人接受不了，引来一片批评声。《光明日报》就此发表社论《中国人有能力赶超世界先进水平》：“枉自菲薄、自惭形秽、津津乐道是中国人的所谓劣根性，把自己说得一无是处，除了使人们悲观失望、自暴自弃之外，又能给我们带来什么呢?”《丑陋的中国人》被有关部门停止发行。后来，中央主管文艺工作的胡乔木批示，不能讲《丑陋的中国人》是一本坏书。之后，这本书继续发行，但不再加印。1989年中国华侨出版社还专门出版了《〈丑陋的中国人〉风波》一书，选编了自该书在大陆出版以来，作家、学者的评论，除少数几篇肯定外，多数是大加挞伐的。弘征先生说：“柏杨后来把这本书拿到台湾印成繁体字，并改了直截了当的书名——《都是丑陋的中国人惹的祸》。”自此，弘征与柏杨也结下了深厚的友谊，每当柏杨出版新书都签名寄赠弘征。

弘征先生说：“编辑是杂家，如果指编辑本身应该知识比较渊博，至少不至于在所编发的书稿中闹出常识性的笑话该是对的。同时，一位优秀的编辑还应该在某一方面具有专长，由博返约，触类旁通，什么都止于一知半解不能称博。古来的编辑都是先有学识而后编校书的。”弘征先生不但是作家，还是书法家、篆刻家。曾读易禹琳《酒诗入墨香，醉笔惊龙蛇》一文，对酒后醉书的弘征先生描写得惟妙惟肖：“窗外春雨奏乐，室内笑语喧哗，美酒飘香，纸笔就绪。弘征先生醉眼蒙眬，高叫一声拿酒来，迈开弓箭步，屏气凝神，千钧之力凝于手腕笔尖，稍顷，看笔飞墨走，似峡谷中的长江水咆哮轰鸣，似山川瀑布飞流直下，转而彩虹间龙飞凤舞，又迅疾泻入大江，落于深潭，复归平静。拿酒来！美酒一杯声一曲，先生一个人的舞蹈越发豪迈奔放，纸上的字愈见舒展飘逸。拿起印章，眯眼哈气，再闭着眼按下去，地方竟恰到好处……第二天，再有人对弘征先生谈及昨晚所书之字，弘征先生竟再也记不起来，他惶恐不安：一钱不值！一钱不值！”

弘征先生治印亦颇精到，他六七岁时读绣像小说以及《醉墨轩画稿》和《芥子园画谱》，常用一种薄薄的竹纸复在上面描摹。在父亲书房里偶然翻出一个木匣子似的印床和刻刀，引起了他的兴趣，找来麻将牌的白板刻了起来。他曾为黄永玉、黄永厚、费新我、丁玲、张天翼、峻青、汪曾祺、公刘等众多的书画家、作家治印。当西宁老诗人戈壁舟看到弘征先生为他刻的印章后，惊呼：“我很奇怪，你为什么不挂牌刻印？”还是钱君匋最了解他，在《望岳楼印集序》中说：“弘征无意作印人，篆刻之票友而已。”

一心想向先生求幅墨宝，于是不揣浅陋，写信求字。但一直没有回音，便想自己贸然求字，也太唐突，先生年事已高，可能不轻易为人写字了。过了数月，突然收到先生大札：

阿滢先生：

记前得尊札中曾有索拙书语，年老健忘，已不忆及当时报命否？顷从字卷中见一纸，是夏天为先生所书，乃急奉上。为此前未奉，尚祈见谅为感。

专此即候

文祺！

弟弘征顿首

11 月 10 日

弘征先生随信寄来墨宝：“泰山之溜，可以穿石。丁亥夏月弘征”。不禁大喜过望。是书缘让我结识了弘征先生，并在与先生的交往中学到了很多东西，先生的著作、信札、墨宝使秋缘斋蓬荜增辉。这份情谊，这份温暖，将受益终身。

2008 年 6 月 5 日于秋缘斋

幼苗得雨老亦壮

小时候，记忆最深刻的两位文艺界名人，一是戏剧表演艺术家牛得草，再是著名诗人苗得雨。那时就想，牛儿得草、禾苗得雨就会茁壮成长，名字起得真好。

丁亥盛夏，在自牧的引荐下，与苗得雨先生约好，前往拜访苗老。下午3点，我们准时敲响了苗老的房门。苗老身材魁梧高大，满面红光，典型的山东大汉的形象。迎门的整面墙壁都是书，现在有些作家只是把写作当做一种谋生的手段，书都不读了。爱书人见到书，心里就发热，敬意油然而升。苗老说："让你们3点来，我两点就起来了，这叫留滴水。"我问什么是滴水？苗老解释说，在农村盖房子两家之间要留滴水的空间，其实就是留有余地的意思。第一次见面，苗老就讲了一个有趣的典故，给人的感觉更加亲切自然了。

我对苗老说，和您有缘呢，您在一篇文章里提到了我。苗老问，哪篇文章？我说是《久远的歌声》。苗老在文章中写道："去年省音协同志分工编辑的《山东抗战歌曲选》，我今年得到好友自牧割爱相赠一本……1944年春，省文协李林创作的杂耍剧《打花棍》，流传很广，此书中有苍山白爱玲、郑世荣记的《打花棍》，只有大体与原词一致的第一段。1987年省民间文学集成征集时，有新泰郭伟记录的基本准确的全词。"当时，《民间文学集成》中收录了我搜集整理的两首民歌。2005年8月山东文艺出版社编辑出版《山东抗战歌曲选》时，由于篇幅所限，只选收了160余首，集中收录的作品从不同方面，代表和体现了当时山东抗战歌曲的基本风貌，其中有我整理记录的民歌《打花棍》。苗老起身到书房，找出了一本发表有《久远的歌声》的杂志给我看。

苗得雨1932年生于山东沂南县苗家庄。12岁当儿童团长时就开始写诗，被延安的《解放日报》称为解放区的“孩子诗人”。先后任《鲁中南报》和《农村大众》编辑、记者，《前哨》和《山东文学》副主编，山东省文联副主席、作协山东分会副主席、省文联党组副书记。出版有各种作品集39种，700余万字。苗老说，针对中国目前的诗歌创作状况，曾经说了很多话，发表了自己的看法，现在不说了，并转向散文创作。连续出版了《苗得雨散文集》、《苗得雨散文二集》、《苗得雨散文三集》，目前正在编选散文四集。近几年，苗老又致力于民歌的挖掘与研究，古稀之年，每年都要回沂蒙山几趟采风，尽管当年的幼苗已成参天大树，但还离不开沂蒙山水的浇灌，因为他的根深深地扎在沂蒙山的大地上。

苗老家乡的人说：“苗家庄有两个名儿起得最好，苗得雨和苗长水。”很多人以为苗得雨是笔名，其实不然，苗老说：“小时候上私塾，父亲借‘大德日生’之意给我取名苗德生，当革命的雨露洒向这片大地，我就改为现在的这个名字，不是笔名。”苗长水是苗老的儿子，也是作家，名字是他老奶奶起的，她说：“孙子是八路军浇大的苗，重孙子就叫长水吧。”苗长水创作了《冬天与夏天的区别》、《染坊之子》、《非凡的大姨》、《战后纪事》等多部中篇小说，在全国产生了一定的影响。雷达评价说：“苗长水的出现是一个奇迹，他的尝试为文学拓宽了路子。”电视台曾为他们父子拍摄专题片，介绍这对父子作家。

我给苗老带去了拙著《秋缘斋书事》。苗老赠我上下两巨册精装本《苗得雨六十年诗选（1944~2004）》，该书按时间先后为序，精选了苗老从事文学创作60年来创作的诗歌作品800余首。苗老在扉页题道：“郭伟、郭孟尧父子文友赏正”。我是带着在济南上大学的儿子郭孟尧一块去的，苗老在签名时，把儿子的名字也签上了，并与我和孟尧拍了合影。在《苗得雨散文三集》扉页亦有同样题跋。书房里有一个很大的书案，是苗老用来挥毫泼墨的，苗老的书法写得很随意，不拘谨，很放得开，飘逸潇洒，这与儿时读私塾打下的扎实的基本功是分不开的。我说：“苗老，等您不忙的时候，求您一幅墨宝。”苗老高兴地说：“行呀！写好后给你寄去。”我们不想过久地打扰苗老的休息，合影之后，就匆匆告辞了。

回家不到一周，果然收到苗老为我写的条幅：“室雅何须大，花香不在多。老子语 丁亥年 阿滢文友惠存 苗得雨”。苗老的书法作品，又使秋缘斋增添了墨香。

2007年7月29日酷暑之日，赤膊于秋缘斋

孙永猛：《藤萝花》下的逝者

书友玉民兄在电话里兴奋地说，他淘到孙永猛的散文集《藤萝花》了。我马上上网，见他已写入博客："书友阿滢兄曾多次向我提及此书。孙永猛生前十分赏识阿滢，他的章草——'锲而不舍，金石可镂'至今悬于阿滢客厅，笑对老兄。阿滢踏破铁鞋，寻寻觅觅，始终未曾得到此书。今日鄙人捷足先登，得来全不费功夫，羡煞阿滢也！"

20世纪80年代末，孙永猛曾在我栖身的小城挂职，任市委副书记。他亦是作家，对我特别赏识，和他接触的过程中，有一件小事一直记忆犹新，当时他住在市机关招待所二楼，我住一楼，我时常到二楼去找他聊天，他在我这个20出头的文学青年面前从没端过架子。我知道他忙，每次都是稍坐一会儿就告辞。一次，我带了一盒烟，抽出一支给他。他说，你怎么这么俗了？你不吸烟带烟干什么？一句话说得我面红耳赤。孙永猛为人刚正不阿、做事认真，触及了某些地方势力的利益，一个掌握实权的地方恶霸扬言，孙永猛挂职结束后，让他走不利索。恶霸只能在地方作恶，螳臂当车只是可笑之举。后来，孙永猛升任山东省文化厅副厅长，

我的《中国节日大全》要出版，去济南找他写序，他正手拿馒头一边吃着一边大声争论着什么，见我进门，放下馒头迎了上来。又是安排吃饭，又是安排住宿，我说，什么也不用。就把书稿交给他，很快就收到了他作的序言。序的开头说："时下兴请名人或相当职务的领导作序，我似乎还不到为人作序的名声、职务和年龄，郭伟君请我为他的《中国节日大全》作序，我还是欣然答应了……"

1999年，在《大众日报》上看到了孙永猛的散文《槐抱藤》，是他的

散文集《藤萝花》序，引起我对他的思念之情，便写了《长者》一文，回忆了与他交往的过程，写完文章，就听说他病逝的消息。天意乎？巧合乎？

我在寻访《藤萝花》。在孔夫子旧书网搜索，在《藏书报》的旧书栏目查询，在各地旧书市场探访，陆续淘到了他创作的《宋庆龄》和《董必武》两书。书海茫茫，《藤萝花》一直没有下落。

一个春天，我与诗人石灵去李白当年隐居的徂徕山礤石峪探幽，山涧有一古藤，挂满了串串紫花。石灵说，这就是你常说的藤萝花。果真像孙永猛描述的那样，“一树的藤萝花挂满了一个天，一穗穗，一串串。一朵花就是一个小灯笼，一穗花，一串花，就是一串灯笼。”孙永猛说，“藤萝花好看，有时可以吃的。似开未开之际，捋下来，放点盐，放点面，拌一拌，蒸着吃。我们则攀着青藤，单拣嫩的藤萝花吃，有时竟然剥去花瓣专吃花心，有些香，还有些甜。”据说，礤石峪的一家饭店就用藤萝花加上鸡蛋和面做藤萝花饼，虽未尝过，那滋味一定会“有些香，还有些甜”的。

那串藤萝花一直萦绕心头，挥之不去。看了玉民兄的帖子，心痒难耐，又去孔夫子旧书网碰运气，打上《藤萝花》搜索，搜到的都是刘心武的散文集《藤萝花饼》和京梅的历史小说《藤萝花落》。搜了数百条信息，当我渐渐感到无望时，也该着老天惠我，最后，竟然发现有一册孙永猛的《藤萝花》，而且书相十品，马上订了下来。唯恐有变，赶紧到银行把书款汇去。

《藤萝花》，1999 年 12 月由青岛出版社出版，印数 2000 册，定价 10 元。收入作者散文、小说、电影文学剧本，共 23 件作品。封面设计和我想象的不同，在我的脑海里，《藤萝花》的封面应该像俞平伯的《杂拌儿》、周作人的《书房一角》一样清新淡雅，但这个封面凌乱不堪，上面是几串藤萝花，下面是杂乱无序的树枝充斥着整个封面，不能给人以想象的空间，与书的整体风格不同。孙永猛没有等到散文集付梓，便英年早逝，遽归道山，如果他活着，一定不会同意用这个封面的。

孙永猛用优美的文笔记述了故乡的亲人、故乡的河流、故乡的风俗，充满真情实感，没有丝毫的做作。孙永猛说："我把它归于我的恋乡恋土恋母情结。这是一个解不开的结。回忆中我就想写东西，于是就有了这个集子。"在这里读出了久违的宁静与淳朴，仿佛置身于胶东他老家的那古老的槐抱藤树下，听他讲家乡的故事。

孙永猛曾说："青年人外在要谦恭些再谦恭些，谦恭些才能得到周围更多人的帮助，而且可以除却许多麻烦；内心要狂放些再狂放些，不狂放些，没有自信，是很难有大作为的。"这些年来，我时常想起他的教诲，也自觉地以他的教诲作为处世准则。

好在我找到了他的《藤萝花》，想他的时候，可以与他聊聊天了。

2008 年 8 月 6 日于秋缘斋

杂家陈子善

在读书界陈子善这个名字已经是家喻户晓了。陈子善是一位编著等身的著名学者、书人，现任上海华东师范大学中文系教授、博士生导师，长期致力于中国现代文学史料的搜集、整理和研究。我曾问他："您编的书不下100种了吧?"他说："差不多吧。"其实，他到底编了多少本书，他自己也没数了。有人建议他编一个目录，他一直没时间去做。

在北京的一个会上，我第一次见到了陈子善教授，他高高瘦瘦的，戴一眼镜，有一种魏晋学士的风度。来自全国各地的书友聚在一起，书友间大都是第一次见面，但却全无陌生的感觉，因平时皆用书信、电话联系，即使没人介绍，也能猜出对方是谁。大家纷纷与陈先生合影，有人风趣地说："陈先生成旅游胜地了。"陈先生讲话风趣幽默，他对我说："我收到你的信时，很激动呀。阿滢，我以为是一个女孩子。"我说："你现在是不是很失望呀？呵呵。"他在做客人民网文化论坛，与网友交流时，一位网友说："看到你的照片，真清瘦啊！精神矍铄！一个可爱的小老头，做的事情却朴实而又伟大。"他说："感谢表扬。我知道我离小老头还有一点儿距离，因为还没有到老头的份上。按照国家的规定，我还不到60岁，还不到退休的年龄，虽然外表看起来比较像老头。而离伟大更远，永远不可能伟大。"

我带着他的著作和他编的书到他房间请他题跋。陈先生接过书，说："好，我现在开始为你工作。"

陈先生研究的都是非主流作家周作人、刘半农、郁达夫、梁实秋、林语堂、台静农、徐志摩、邵洵美、叶灵凤、潘汉年、张爱玲等。对此，他曾说："大家都在研究的，比如鲁迅、郑振铎，别人都做得很好，我们就要借鉴、运用他们的研究成果，没有必要重起炉灶了。而我所研究的作家，在我之前都没引起注意，或者说研究得不够，我感到有责任、有必要来研究。"《逃避沉沦》，1998 年 1 月东方出版中心出版，是一部名人写郁达夫和郁达夫写名人的作品集。陈先生题跋："编这本书是编辑硬逼出来的，但编成以后觉得还有点儿意思，毕竟郁达夫是我喜爱的作家。为郭伟兄题。子善，乙酉仲秋。"

在 1996 年浙江文艺出版社出版"书斋文丛"之《闲话周作人》书中题曰："阿滢兄索题。这本书自以为编得比较好，费时数载，书出时，有些作者已谢世，总算为知堂老人研究留下一点儿有用的资料。子善，2005、10、14。"

香港地区董桥是他较早地介绍到大陆来的作家，先后为董桥编了几本书。我收藏的《董桥文录》毛边本是龚明德老师寄赠我的。陈子善编，龚明德担任责任编辑，1996 年 4 月四川文艺出版社出版，1996 年 10 月第二次印刷。陈先生在书扉题跋："阿滢兄：10 年前编的这本书，是我与龚明德兄的一次愉快合作。我至今以为文学爱好者不可不读董桥。编者陈子善乙酉秋。"我说："可惜今天龚明德老师因编校流沙河先生的书稿没能来京参加会议。以后我再让龚老师题跋。有机会让董桥先生再题，那这书就更加珍贵了。"

陈先生喜欢养猫，一次他养的猫丢失了，夜里两点多，他隐约听见猫的叫声，赶紧叫醒老伴，两人打着手电筒，寻着去。果真，发现了丢失了 3 天的小猫，喊着它名字抱回家来。每次外出回家总要给小猫带点好吃的作为礼物。爱屋及乌，在从事研究之余他把郑振铎、夏丏尊、丰子恺、冰心、梁实秋、徐志摩、季羡林、柏杨、刘心武等写猫的文章辑录在一起，编选了《猫啊，猫》一书，2004 年 6 月由山东画报出版社出版，书中配了很多精彩的图片，有名人与猫的照片，有丰子恺画猫作品，著名摄影家拍猫图片等等，图文并茂。陈先生在该书扉页题道："我是养猫人，至今仍与两只小猫为伴。所以编了这本书，与天下爱猫人分享养猫的乐趣。为阿滢兄题 子善 乙酉秋日。”

陈先生还在我带去的其他几本书上签名盖章。当我请求先生为我散文随笔集《寻找我的精神家园》作序时。他爽快地答应了：“好呀，我在回上海的路上有东西看了。”

在京期间，我们一起去淘书。早上4点半，天不亮，我们乘坐一辆大巴车，来到潘家园。摊位上没有电灯，可能是故意制造这种鬼市气氛，每人一个手电筒，晃晃悠悠。人们在鬼火一样跳动着的手电筒光下淘书。陈子善先生跪在地上，两手趴在书摊上扫瞄着每个书脊，惟恐漏过一本好书。

到布衣书局访书，陈先生找到了一本郑振铎的女婿萨空了的《科学的艺术概论》，但在结账时，让书局的工作人员拿了出来，说是这本书在网上让人预订了。我挑的书也有几本被捡了出来。陈先生给书局的老板打电话，才答应卖给他，当算完账到了楼下，陈先生翻看新购的书时，发现没有那本《科学的艺术概论》，陈先生又马上跑回楼上理论，总算买回了那书。这也是书局工作人员的失误，订出去的书就该从书架上撤下来，来这儿的人都是书虫子，看到了好书，又不让买，不是成心让人难受吗？陈先生说：“他先让我对这书馋了，又不让我买，这不是成心整人吗！以后应该仿照性骚扰罪，定一条罪名，叫‘书勾引’罪！”一语惊人，人们哄堂大笑。

从北京回来不久就收到了陈子善先生为《寻找我的精神家园》写的序言，他说：“序已写好，寄上，请查收，不知合用否？尊著书名似较啰嗦，也许改成《寻找精神家园》或《我的精神家园》较好？请酌定。也因此，我的序文中提到尊著书名的几处，暂时空着，待你确定书名后添入可也。”原来书名字数确实太多，按陈先生的意思改为《寻找精神家园》。

除了编书，他在大陆和台湾地区出版了《遗落的珍珠》、《中国现代文学侧影》、《捞珍集——陈子善书话》、《文人事》、《生命的记忆》、《海上书声》、《说不尽的张爱玲》、《陈子善序跋》和《发现的愉悦》等个人专著。

据说在现代作家研究论文中，最多的是鲁迅，胡适次之，张爱玲排第三。1995 年大陆流行张爱玲作品，为了让读者更真切地了解张爱玲，陈先生先后编选了《私语张爱玲》、《作别张爱玲》、《记忆张爱玲》等书。陈先生编选的《沉香》，辑录了张爱玲从 20 世纪 40 年代到她去世前，所发表的一些散文和电影剧本。这个集子所收的文章，多是张爱玲的佚文。其中有张爱玲的电影处女作《不了情》以及第二部电影《太太万岁》，还有她在香港地区时写的电影《一曲难忘》。有关电影《不了情》的资料，张爱玲自己也找不到了。而陈先生在广州一家影像公司出版的一整套的中国早期电影的 VCD 里，发现了《不了情》，还原整理了《不了情》的文字剧本。陈先生挖掘出了许多张爱玲的佚文，人们一直认为 1940 年发表的散文《天才梦》是张爱玲的处女作，张爱玲本人也是这样说，而陈先生发现了张爱玲 1936 年在就读的圣玛利亚女校《国光》半月刊上发表的小说《霸王别姬》和《牛》，推翻了《天才梦》是张爱玲的处女作的论断。后来，陈先生又发现了张爱玲更早的作品，1932 年发表于上海圣玛利亚女校年刊《凤藻》总十二期上的短篇小说《不幸的她》，当时张爱玲是该校初中一年级的学生。这一重大发现，把张爱玲的文学生涯又推前了 4 年。

陈子善这个名字已经成为“品牌”，在出版业低迷的今天，只要是他编的书，都能畅销。

淘书、藏书、编书、写书、教书，构成了陈先生完美的人生。有好为人师者，喜欢为人开列书目，并出版了《必读书××种》之类的书，让别人按照自己的意志去读书。对于如何读书，陈先生却说：“对没有兴趣的书，你不要去强求，不要人家说这个是好书你就认为自己非要去读。作家余华最近讲的话我很赞成，‘什么书对你是好书，那就是你读了以后确实有感受的书’。可能别人读了以后没有感受，那无所谓，你读了有感受，对你来说，这就是一本好书，跟你个人的经验结合起来，跟你个人某个童年记忆、某一段回忆、某一段感受结合起来，你被触动了感动了，对你来讲这本书就是好书，就有意义。”陈先生尽管常常埋身故纸堆，但不是呆板的“老学究”，无论在会议上，还是在餐桌上，他都是最活跃的。讲起话来，手舞足蹈。他忽而北京，忽而上海，忽而纽约，忽而台北……穿梭于各地的学术会议上。

有人这样总结陈子善：“个子高，房子小；藏书多，收入少；年纪不小，心态不老；编书于帷幄之中，交友于千里之外。”他的弟子毛尖这样描述他：“这样平易的教授这样世故的年头真是不多了，他会坐在学生的自行车后座上，飞车党一样掠过校园，两只长脚拖地而行，他只管紧紧抱住胸前的一大包书。他爱书太凶猛，显得他的爱情生活似乎乏善可陈，但是，有很长一段时间，他穿一粉红衬衣，肩挎一民俗布包，穿过黄昏的校园，去听一女郎拉小提琴，这故事到底有没有结尾，陈老师说，10 年后告诉我们。不过，感伤忧郁的形象似乎不适合我们的陈老师，他是永远童心灿烂，永远心情开朗。在伦敦，他和柳叶一起逛书店，用着超高的分贝问，色情书放在哪里？柳叶公子花容失色，他却不以为然，洋鬼子，听不懂中文的。其实，就算在新华书店，他这样问，我们做学生的也不会惊奇，同样的事情，在他做来，是无邪，旁人要仿效，就邪了。因为，他是一个有工作的堂吉诃德。”

2006 年 2 月 21 日于《泰山周刊》编辑部

走近海迪

认识张海迪是10年前在省里的一次会议上。她给人的第一印象是年轻漂亮，穿着入时，思维敏捷，谈吐幽默，整个人充满了生命的活力。

在济南南郊宾馆再次见到海迪时，10年过去了。已是43岁的她似乎没有什么变化，风采依旧。我想，已有10年不见了，她又是名人，接触的人多，可能早就不认识我了，没想到她依然记得我的名字。

我对她说："你去年出版的散文集《生命的追问》我读了。"

她说："今年又出了本书，明天我给你带来！"

第二天见到她时，我开玩笑说："是不是忘了给我带书？"她说："没有忘，我给你带来了。"说着拿出两本书，一本是《生命的追问》精装本，一本是今年7月份刚出版的她和丈夫王佐良合作翻译的美国长篇小说《莫多克》。

她在书的扉页上写着："郭伟弟存念！姐姐海迪。"漂亮的字体是用金色的墨水写的，就像印在书上。我收藏的作家签名图书里，又多了两本珍贵的藏品。

张海迪现为济南市文联专业作家。5岁时因患病造成高位截瘫，胸部以下完全失去知觉。她以惊人的毅力，忍受着常人难以想象的痛苦，同病残作顽强的斗争。她虽没上过一天学，但自修了小学、中学、大学的课程，自学了英语、日语、德语和世界语，翻译出版了《海边诊所》、《丽贝卡在新学校》、《小米勒旅行记》、《莫多克》，还出版了散文集《鸿雁快快飞》、《向天空敞开的窗口》、《生命的追问》。她的100多万字的长篇自传体小说《轮椅上的梦》，已在日本、韩国出版。1993年她获得了吉林大学哲学硕士学位。

海迪这些年取得的成绩及其达到的水平，分到几个人身上，每个人也都是优秀者。论学业，她已是硕士研究生；论医道，她是合格的医生。在莘县下乡时，她自学了医药知识和针灸技术，先后为群众治病一万多人次；讲外语，她已翻译出版了多部外国作品，1988 年还参加了在日本举行的日语演讲音乐会；谈技术，她在莘县广播局修理部学会了修理收音机、电视机。此外，她还举办过个人画展，她出版的书中插图也都是她自己画的。弹琴唱歌也不是外行，出过盒带，还和上海芭蕾舞团的演员们一起拍摄 MTV。广泛的兴趣爱好，使张海迪的生活丰富多彩，紧张而又充实。

海迪是爱美的。她有一头美丽的长发，像黑色的瀑布披在肩上。80 年代初，当团中央表彰她时，她应邀到北京作报告。有人开始指责她的长发，那时，“披肩发”还和资产阶级联系在一起。她生病住院，康克清到医院看望她，手里拿着一束大红花，说是朱德生前种下的芍药。康克清握着海迪的手说，希望她像这花儿一样漂亮。看到她的长发，也劝她剪短一些，但她就是舍不得。有关领导也几次打电话到医院催问剪头发的事，她依然坚持自己审美的观念，那天去人民大会堂参加活动时，她用手绢把披散的头发束了起来。但在进入会议大厅的一瞬间，她悄悄地扯下了那块手绢。

海迪非常喜欢体育活动，也喜欢看体育比赛，如长跑、跳远、跨栏等项目，凡是能够展示腿部力量的运动，她都喜欢。1994 年，她作为中国代表团的运动员，参加了远东及南太平洋地区残疾人运动会（简称远南残疾人运动会）。平时，无论工作多忙，只要有排球比赛，她都会到电视机前观战。赛场上紧张激烈的气氛，紧紧地抓住了她的心弦，她忘却了自己身体的麻木和疼痛，仿佛已融身于女排当中，和队员们一起翻滚、跳跃，一起发球、拦网，这一切都像是在梦中。当她到韩国参加她的长篇小说《轮椅上的梦》韩文版首发式时，面对韩国电视台的记者，她说：“我喜欢梦境。在梦中，我的健康失而复得。梦幻仿佛是一双无形的手，一双雕塑师的手，它将我残疾的身体修复得完整，它让我坍塌的身体重新站了起来，它使我萎缩的肌体重新丰满，它使我布满斑痕的皮肤变得光滑。梦是一种精神补偿，它给予了我走向生活的信心。在梦中，我如同健康人一样奔跑。在梦中，我与健康人是平等的。现实中，我每天每时每刻都要忍受疼痛。而在梦中，我从未见过自己坐在轮椅上，我总是看见自己在飞跑，跑向原野，跑向高山。奔跑的梦鼓舞着我，使我无限留恋美的一切。”

10 年前，我想采访她，但她身边总是挤满了人。我们好不容易约好了时间，但当我走进她的房间时，屋里的人还是满满的。海迪天生就是招人喜爱的人，她像月亮，无论走到哪里，身边总是繁星环绕。她小时候也是这样，妹妹的同学都成了她的好朋友。一有时间，都跑到海迪的小屋里，她们一块读书，一块学习，一块游戏。当她随父母下放到鲁西北一个偏僻贫困的村庄时，村里的闺女小子，很快就聚集到她的身边。她给他们带来了知识和新鲜的故事，他们也给她带来了幸福和快乐。她教孩子们唱歌识字，孩子们推着她的轮椅去赶集，去田野里享受新鲜的空气。多年以后，她回到了省城，也没有忘记乡下的“亲戚”，乡下的“亲戚”也没有忘记她。每到年节，他们都会带着大包小包地进城来看她。当她听说村里因无学校，孩子们要到外村上学时，她拿出了自己的 5 万元稿费，捐给村里建希望小学。她非常怀念在乡村生活的那段日子。《齐鲁晚报》专门为她开辟了一个“海迪和她的乡下小姐妹”的专栏，让她在那里诉说她对那些淳朴善良的乡下女孩们的相思之情。

鲁西北平原用棒子面糊糊、三合面窝窝哺育了海迪。当她成为全国青年的楷模后，组织上曾考虑让她担任共青团山东省委副书记，但她拒绝了。她还是留在了创作室，从事她热爱的文学创作。她曾对我说：“其实我更愿意当一名医生，我的书籍也是医学方面的多。”她妹妹也说：“她一见别人生病心里就难受。”是的，因为她饱受病痛的折磨，她就一心想着为别人解脱病魔的困扰。但我认为当作家才是她最佳的选择，她可以用手中的笔去实现自己的人生价值。

在读海迪送给我的《莫多克》时，我被书中的故事情节感动了，眼睛一阵阵湿润。作者拉尔夫·赫尔菲是美国影城好莱坞的一位动物行为学家，书中讲述了一头大象的真实故事，一个人与动物之间长达78年生死相依的故事。它向现代人诠释一个真理：动物与人是休戚相关的，动物也有情感，它们需要爱的关怀，也需要有人接受它们爱的付出。

当作家出版社把《莫多克》的书稿交给海迪时，要求半年翻译完。海迪为了及时交稿，便邀请她丈夫王佐良一同翻译。王佐良比海迪大4岁，在山东师范大学工作，曾从事国际共运史研究多年，翻译发表了大量英文和德文历史文献，并译有《商海箴言》出版，还经常给《齐鲁晚报》写点散文。翻译《莫多克》是他们结婚十几年来的第一次合作译书，由于只有一本原文书，海迪白天翻译，佐良晚上工作。为了译好这本书，他们反复讨论多次，包括统一全书的语言风格、人名、地名等，还四处搜集有关大象的资料。两口子经过几个月的奋战，终于译完了《莫多克》。

张海迪外出开会、作报告、出国，都是由她妹妹陪着。她妹妹就像她的影子，姐妹俩总是形影不离。可有一天，中央电视台《东方时空》节目组给她打电话，邀请她到北京拍摄一部专题片时，妹妹有事不能陪她，于是她便决定独自去北京。海迪的爸爸把海迪送到机场安检门，就不能往里走了，服务小姐把海迪送到贵宾室。忽听广播说，因天气不好飞机要延误两个小时，海迪急了，关键是去洗手间怎么办？以前是妹妹相伴左右，现在只有自己孤独地坐在那儿。快要登机时，她决定自己去洗手间。洗手间的门很重，费了很大劲才推开。门口有一个台阶，出洗手间时，轮椅的前轮很小，上不来台阶，于是她便用后轮越障的功能倒着出门成功了。登上飞机后，她感到自己又有了一次超越。

海迪说："活着就要创造，就要探索，即使肢体已经残疾，思想的火花也决不停止迸发。"

1998年9月5日于泰山书社

出卖文章为买书

大胡子彭国梁在《书虫日记》序中说："这一年，除了编书写书，我几乎所有的时间都在逛书店。以买了书为准，这一年我共逛书店140多次……买书花去了四万多元。"在《开卷》读了国梁兄的序文，心便痒了起来，盼望着《书虫日记》早日出版，一睹为快。天遂人愿，不久，我便收到了上海书友袁继宏寄来的一包书，我迫不及待地打开，是湖南教育出版社出版的"开卷文丛"第三辑，一套10册，其中就有彭国梁的《书虫日记》。翻读新书的那种兴奋，也许只有爱书人可以理解。我没有向继宏兄道谢，我认为多一个"谢"字，却使书友间相互赠书的这种圣洁之情流俗了。

彭国梁的藏书楼"傍河居"，因紧靠捞刀河，距湘江也只是一箭之地而得名。在这座四层的藏书楼里，每一层都有一个大书房。曾在《书人》杂志看到过他的书房图片，那宽大的写字台、高及房顶的书架，让我等为藏书的存放发愁的爱书人羡慕至极。

淘书、读书、写作是彭国梁生活的全部内容，卖文所得，仍旧是淘书……周而复始。离开了书，他便不知道怎么打发日子，他曾说："有人说，在这个世界上，要是没有美国，难以想像。可对我而言，要是没有书，那才真是难以想像。"在乡下老家过完春节，"回到家后，至少在书房傻站了一个小时。这里摸摸，那里看看，有一种'小别胜新婚'的感觉。其实，也就在乡下呆了三天，可那是傻吃傻喝傻睡的三天，无所事事无可奈何的三天，站也不是、坐也不是的三天，那三天真是特别的长啊！"我常自称为书虫，但与国梁兄真是难以相比的。如果几天不逛书店，他便心

痒难忍，就有一种饥渴感。即使大雪纷飞的天气，本想在雪地走走，可走着走着又走进了书店。在老家给母亲过完生日，回到长沙，来不及回家就直接打的去书店淘书，“好像只有到了书店，心才能静下来。”

《书虫日记》读完一遍后，我又拿来与拙著《秋缘斋书事》一起对照着读，因两书皆为2005年的日记，某天，彭国梁买了什么书，而我则买了哪些书，更觉有趣。相比之下，《书虫日记》语言简练，而《秋缘斋书事》则有些啰嗦，对书的介绍过多。

因龚明德老师的介绍，我与彭国梁结识，至今虽缘悭一面，却时时感受到他的关注。当他收到我寄去的《泰山周刊》文化版后，就马上发来电子邮件：“寄来的几期《泰山周刊》收到，感到非常亲切，见到了许多的朋友。我曾经也在一家广播电视报工作过，办一个叫‘月亮岛’的副刊，在当时还算有些影响的。你现在能用这么大的篇幅办一个如此有品位的文化读书周刊，真的是一件大好事……”《书虫日记》中有好多他在书店买自己的书用于朋友间交流的记载。

与他结识不久，就收到了他寄来的《跟大师开个玩笑》签名本，附信曰：

阿滢兄：

你好！早就在明德兄处听到关于你和你的《泰山周刊》的介绍，最近几天，我又颇系统地把你寄来的报纸翻阅了，总的感觉很好。办一份文化气息很浓的《周刊》是很不容易的事。现在的一些报纸纷纷地砍掉副刊或缩小其版面，让人一见那些报纸就感到俗不可耐。

看你的名片，知道你著了本《中国节日大全》，不知现在有存书否？我和杨里昂先生为岳麓书社主编了一套“中国传统节日”系列，已出来了“端午、中秋、春节、元宵”四本，还有“清明、七夕、中元、重阳”四本待出。岳麓书社新建的网站上可查到。

寄上我的一本《跟大师开个玩笑》，请雅正。

多多联系！即颂

编安！

彭国梁

2005年11月10日

当我创办读书杂志《泰山书院》向他约稿时，他发来了写沈从文的《兄妹书缘》一文。创刊号由于个别图片印刷质量欠佳，他来信说："《泰山书院》收到后，便先找朋友们的文章看，有一种异常的亲切感。图片有些'朦胧'之美，下一期也许就云开雾散了。夏天，长沙是一个火炉，而《泰山书院》的到来，仿佛就有了一些清凉。"看到他说的"朦胧之美"，对印刷厂的怒气也便消散了。

彭国梁的工作不需坐班，他的生活充满了随意，往往读书到深夜，翌日，再赖在床上读书，早晨总是从中午开始。他自己有时也说："这没人监督的日子过得有些乱套了。"书生做梦也离不开书，有一次做梦，梦见4部比他还高的精致大书，他打开其中的一部，发现自己变成书里的插图。他把头从书里探出来，老板却让他赔书，说书中有了一张他这样肥胖的插图，谁都背不动了。梦醒之后，好像还觉得脖子被书卡得有些痛。在梦里淘书，几乎每个爱书人都经历过，然而，这么有趣的梦也只有彭胡子才能做得出来。除了读书写作，他很少出门，"偶尔在街上碰见他，不是在去书市的路上，就是从书市回家的途中"。

整理藏书是书人的乐趣，彭国梁常常整理到深夜两三点钟，仍兴致勃勃。他说："什么叫充实？什么叫聚精会神？什么叫任劳任怨？看看彭胡子搬书就知道了。陶醉，痴迷，想像不出世界上还有什么事比这更愉快的了。排列，组合，让他们排队，给它们分班，书们真好，任我随心所欲地折腾，却不发表任何意见。"彭胡子在他书的世界里自我陶醉。

彭国梁出版有《爱的小屋》、《流浪的根》、《太阳起床我也起床》等诗文集20多部，在全国十几家报纸开设了专栏，并与朋友合作编了80多部书。稿费收入相当可观，银子到账后，转眼间便又掷入书肆。日记中多有从邮局或银行取出稿费，便直接去书店的记载。书店的老板对彭国梁也格外优待，往往打最优惠的折扣，书买多了，老板还亲自开车把彭国梁送回家。一位书店老板说，如果长沙有100个像他这样的买书人，书店的生意就好做了。

"绝交流俗因耽懒，出卖文章为买书。"郁达夫的这句诗也是对彭国梁的写照。《书虫日记》序中配了一幅丰子恺的漫画《钻研》，画一黑一白两部大书，一群书虫钻进钻出。而彭国梁正是那钻进钻出、乐此不疲的大书虫子。

2007年6月10日于秋缘斋

品茗夜读龚明德

夜深了，妻子儿女都已进入梦乡。我沏好一杯刚从海南带回的苦丁茶，进了书房。我想此时远在成都的龚明德先生也一定会在六场绝缘斋里品茗读书吧！

桌上放着几本书，《新文学散札》、《文事谈旧》、《书生清趣》……都是先生的书。品着苦丁，苦尽甜来的感觉，就像读明德先生的书，越读越有滋味。

有人说："北京的姜德明、四川的龚明德和上海的倪墨炎，是中国书话界的铁三角。是继唐弢、阿英、黄裳之后的书话大家。只要喜欢读书的人都知道他们的名字。"2004年4月，我把这几年写的书话汇成一本《阿滢书话》，寄给了在四川文艺出版社工作的龚明德，在收到我的书稿后，龚先生马上给我回了信："去年我忙了一年巴金。今年仍闲不了：去年巴金学术会把一堆稿子要由我弄成一本专著出版，《林徽因文存》要一字一句一标点地死对死校后赶在年内出书……还有临时硬派的任务，如上个月让我审读邓小平百年诞辰的纪念书，我又得抛开文学去看《邓小平文选》……你弄报纸，我们同行，可以叫叫苦。你的书话，我争取由我或由我的友人列入一套丛书中公开出版，至少不让你自己花钱出，最低也可免费得一堆书送人。我已写信给京沪宁等地友人并附寄《阿滢书话》目录，得等待机会……"信中还给我介绍了十堰的《书友》、呼和浩特的《清泉》、南京的《开卷》、上海的《博古》和北京的《芳草地》等读书报刊。从此，我便走近了龚明德。

龚明德给自己的书房取名"六场绝缘斋"。"六场"原有所指，即官场、商场、情场、赛场、赌场和舞场，后来泛指“与书无关的场所”。他的书斋藏书数万册，家里放满了书，连孩子的卧室、阳台上、厨房里也都放了书架。有人见他这么多书，问他这些书都看过吗？他便恼了：“问这问题的人就更可笑甚至可恶，从此可以不再让这类东西进书房了，它们（不是‘他们’）是书的丧星，只该令其去当负责说空话的闲官或做与书无关的稳稳当当赚钱的生意。”（《书房叙事》）

流沙河老先生风趣地说“陪著斋中万卷，断了门外六场”的明德是个书呆子。他对书的爱真到了“痴”和“呆”的程度，在一家书店看到一套巴金的《随想录手稿本》，定价500多元，囊中羞涩的他在书店抱着书看了两个多小时。过了几天，单位发了几百元的奖金，下着雨，就急不可耐地去书店买回了那套书。回到家，惬意地躺在躺椅上翻看这些宝贝时，却发现有几页空白，他又冒雨跑回书店换了书。

现今，新书的价格让人无法接受，龚明德和众多的爱书人一样，走向旧书市场淘金，淘回的旧书，先用一干一湿的布帕擦干净，再用钳子把铁钉起出来，把内页用夹子夹好，画好线，然后扎眼，用尼龙线缝牢，最后糊上封面。上下各放一块木版，用石头压平。一侍弄旧书，龚明德“心中就荡漾着舒适——像看到手把手教聪明了的孩子，像目睹被自己一手调理好了的生病的人……”（《侍弄旧书乐无穷》）他对书房有一种特殊的情感，谈到他的书房，激动、自豪之情溢于言表：“好在我有书房，下班后，大门一关，便是深山了。这深山真有挖不完的宝啊……一想到我的书房，我整个人就生动起来，更不用说在里面读写了。”（《书房叙事》）

明德先生不仅是书生，更是一位斗士。他的性格从《书生清趣》目录里就可以看出——“我行我素”、“点击作家”、“吹毛求疵”、“究根问底”。他在《营造宁静》一文中说：“我渴望做战士，为捍卫包括我自己在内的弱势群体而呐喊。如果这样的机会还不成熟，我乐意躲在书斋，读者会从我的文字中发现我的不亚于做战士的价值的。”前几年他发现《围城》的各种版本不一，其中修改达3000余处，涉及内容的改动1000余处。根据研究成果，出版了《〈围城〉汇校本》，惹得钱钟书大怒，并引发了一场无聊的官司，面对“名家”，不卑不亢，赢得了读者的支持。他治学严谨、嫉恶如仇，“在《人民日报》发表了一篇《令人忧心的“伪‘史料’”》，揭露了某些文坛前辈在垂暮之年为自己树碑立传，不惜篡改史实，制造人为的混乱。文章刺痛了不少‘前辈’，但瞧明德先生的神态，仍是义无返顾的庄严。”（《新文学散札·毛翰跋》）

在《鲁迅全集》中，有段关于写章衣萍的诗的注文中写道：章衣萍曾在《枕上随笔》（1929 年 6 月北新书局出版）中说：“懒人的春天哪！我连女人的屁股都懒得去摸了！”《鲁迅全集》的权威性一下子把章衣萍定位为灰溜溜的“摸屁股”文人了。龚明德查阅了大量的史料，来证明这句话是章衣萍引用别人的，实际上等于替章衣萍平了反。他还引用大量的史料证明鲁迅所写的《登龙术拾遗》不是针对《文坛登龙术》的作者章克标的，而是借以讽刺邵洵美的。《文坛登龙术》1993 年 5 月由作者以“绿杨堂”的名义自费印行后，轰动了文坛，毁誉参半。龚明德认为这本书是五四运动后的中国新文学惟一的长篇杂文体名著。在 1999 年 11 月，他为这位百岁老人重新出版了这部名噪一时的书。其实，他完全可以多编一些畅销书，多拿些奖金，但他老是喜欢干些费力不讨好的事情。20 世纪二三十年代的作家中，左翼作家的书基本上都出版了文集或全集，而那些远离“政坛”的中立作家的作品一直无人问津，明德先生却在十几年前就年年填报凌叔华、章衣萍、陆晶清等人的文集，争取上选题，后来总算出版了两卷本的《凌叔华文存》。

龚明德说：“在美国，挨骂最多的是现职总统，因为人们对他有很多期望，干得好，是他的本分，干不好，是他的罪过。在我们这儿，似乎不干活，不认真干活，就可以少受或免受指责，而一旦认真地从事一点儿事业，就难得过安宁日子”（《关于〈《围城》汇校本〉答记者问》）。是的，一个人只要想干点正事，就会马上有人诽谤、谩骂、诋毁，而且这些人采取一些下三烂的手段企图置你于死地。你做的正事干得越大，你的对手的势力也越强大。这些人有可能是你曾经所谓的“朋友”，甚至是曾得到你帮助最大的人。他在为自牧的《淡墨集》作序时说：“我们这些爱书的人，无论怎样地设身处地，也永远理解不了丧失人格弄出一个什么官位沾点大小便宜的乐趣。但就有那么一些伪‘文化人’，削尖脑袋去钻营与文化无关的门道……所以，对于说三道四的闲言杂语，应该听而不闻，不能往心里放，更不可以去与之理论。否则，真是抬高了这些东西们了！”（《书，自牧的天地》）

明德先生喜欢较真，不管在哪儿，只要一发现错别字，非要纠正过来不可。他不但给书刊找出错字，连《新华字典》这样的权威辞书，都能给它找出一大堆的谬误。1998 年 5 月《新华字典》（第九版）出版后，《中华读书报》发表了一篇题为《一本错误率为零的书》的文章，文中写道：“很多权威人士指出，这次修订幅度最大，虽不能说尽善尽美，但的确算得上精益求精。据商务印书馆的一位负责同志讲，在前不久的一次严格的大规模图书质量检查中，第九版《新华字典》的错误率为‘零’。”看了这篇文章，龚明德来了劲，错误率真的为零吗？他马上开始审查《新华字典》，仔细一找，还真找出了不少错误，比如：第 385 页，“一大滩血”的“滩”应为“摊”；第 657 页，鳐鱼“背部黑绿色”应为“青灰色”……我在《泰山周刊》读书版专门为明德先生开设了一个专栏，每期刊登一篇《〈新华字典〉小议》，全是为《新华字典》找出的错误。

校对本不是责任编辑的工作，但凡是龚明德责编的书他都亲自校对。在他责编《董桥文录》时，他把 51 万字的《董桥文录》细校了 3 遍。董桥深为感动，在赠书的扉页上题道：“明德伉俪编校此书，苦不堪言，至感而恧。盛夏书出，白云在望，倍觉思念。文化工作得以千里呼应，诚人生一乐。遥颂俪福，并祝笔健。”

2004 年底在湖北召开的第二届全国民间读书报刊讨论会上，明德先生还建议在全国民间读书报刊设立一个无错字的奖项，每年评选一次，无错字的报刊奖励两万元，当年若无受奖报刊，奖金滚入下一年的奖励基金。有大学请龚先生为博士生讲课，博导希望学生们学习龚明德的这种精神。

先生不但自己爱书，还在为营造书香社会而努力。《董桥文录》出版后，他用私款买了几百本《董桥文录》，分送各地的书友。他那些微薄的收入，买书时还总是在掂量着买，发点奖金，却全部买书送人。民间自办的读书报刊，他都在尽最大的力量去扶持。我外地的书友，也大都是经他介绍认识的，湖北的黄成勇和李传新、四川的傅天斌、南京的董宁文、北京的谭宗远、内蒙古的张阿泉……《开卷》、《书友》、《清泉》等，这些报刊也都是先生寄给我的。我在《泰山周刊》开设了一个书话专版——《泰山书院》，得到了他的大力支持，在电话里一再叮嘱我要把这个栏目办好办活，明德先生在给我的信中说："《泰山书院》有读头，此类格调出报一二百期，对中国书香文化的建设，功劳就大多了。"对我更是关爱有加，他在给阿泉的信中说："郭伟（阿滢）也是与你一样的书爱家，他已与董宁文、黄成勇、李传新等建立了联系。我从今年起想在地市甚至县级的报上弄出一批高雅的书香版面，为'书爱家'的成长提供遍布全国各地的温床，郭伟兄早就这样干了，而且成绩可观。他的《泰山书院》可品可存，我是每期都剪存的。"

龚明德的新书《书生清趣》刚刚出版，就给我寄来一册，在扉页上题曰："毛边编号题签本百本之〇四一，阿滢先生郭伟仁弟爱书且喜作书话，为吾同好。此书为闲书，供闲览。"

先生的前几部书学术味较浓，给人的感觉六场绝缘斋的主人明德先生似乎总是板着脸的。而这本《书生清趣》是董宁文主编的《开卷文丛》第二辑中的一本，根据董宁文的要求，他"弄了一批不太死板的文章"。有了"清趣"两字，文字自然不会像以往那样冷峻了。读完《书生清趣》，一个执著、真纯的读书人形象就展现在人们面前了。是那些书造就了龚明德，同时，龚明德又赋予了那些书以新的生命。

龚明德说："一个文化人如果不在文化上显示自己的富有和高贵，那正好上了世俗的当，步入庸常一途了。”在龚先生的影响下，全国各地一大批的书爱家正在努力地使自己富有和高贵起来。

2005 年 5 月 4 日夜于秋缘斋

“书爱家”龚明德

龚明德先生曾说，朋友之间相互赠书应该是节日了。因而我时常处在过节的兴奋之中。初夏的一个午后，一部带有墨香的《有些事，要弄清楚》悄然而至我的案头。龚明德先生又让我过了一次节，这也是秋缘斋所藏第五部龚明德先生的著作。龚明德曾制作了许多毛边书，像《董桥文录》、《林徽因文存》等，不只一次掀起毛边热潮，《有些事，要弄清楚》恰又是一部纯正的毛边本，必将为“毛边党”所追捧。

《有些事，要弄清楚》是龚明德先生的新作，内容并不陌生，结集前大都在报刊或他的博客读过。其中的一些文章还是我编发的。当我用特制的竹裁刀一一裁开，在床头卧读时，比第一次阅读又有新的感受。首篇是龚明德先生的大书话《累遭误解的〈玉君〉》，他考证了 20 世纪 20 年代山东作家杨振声的作品《玉君》的出版经过，反驳了社会上对《玉君》的一些不公正的评价。彻底说透了这本书的前因后果，就这篇文章，龚先生在电话里告诉我：“我把鲁迅也给说了。”这篇 7000 余字的文章，在我主持的一家报纸，分两期，用了两个整版，配了十几幅图片和书影发表后，在读书界产生了一定的影响。因两期报纸是分开邮寄的，由于邮局的原因，许多作家、学者没有收全，纷纷写信索要缺失的一期报纸。当时，谷林先生就来信说：“此次赐寄 8 月 2 日《周刊》，得明德兄大作关于《玉君》之后半，渴望能识全貌，敢乞补赠其前文，不知是否刊在 7 月下旬之一期，尚有存报否？……”

龚明德先生做学问的严谨与执著令人敬佩。《新华字典》经过众多专家学者修订后，号称“错误率为零”，然而，龚明德先生竟然找出了许多错误之处，写出了多篇纠错文章。在一所大学进修时，他对丁玲的长篇小说《太阳照在桑干河上》的修改产生了浓厚的兴趣。从图书馆借出了几个不同版本，逐字逐句地比较，写出了学术处女著作《〈太阳照在桑干河上〉修改笺评》，由湖南人民出版社公开出版。他从高校调到出版社工作后，因《〈围城〉汇校本》引发了一场与钱钟书的官司。事隔几年后，北京一位朋友在潘家园淘到了当时围绕这场官司的一些钱钟书、杨绛等人与人文社的通信。朋友给我寄来了一套复印件，让我转交龚明德先生。这些信中还有一位著名的书话家因为当时曾为《〈围城〉汇校本》写过书评，怕受牵连，而极力摆脱表白自己的信件。看了这些信就可以想象的出当时龚明德承受着多大的压力。

与龚明德先生相交多年，却一直缘悭一面，但从照片上可以看出，他着衣总是很随便，过着俭朴的生活，却拿出巨款购下住宅对面的一套房子作为生活区，因为原来的那套房子实在是被书挤满了。他的藏书之丰在读书界是很有名的，从时常出现在《深圳晚报》、《藏书报》等报刊上的“书运亨通”系列文章中，可以看出龚明德先生的淘书之勤。他特别厌恶别人称他为藏书家。他与众多的爱书人一样，并不是刻意搜求孤本、珍本，而是为研究而购书、聚书。鲁迅、孙犁等人的藏书都不在少数，没人称他们为藏书家。因而，他别出心裁地创造了一个词汇“书爱家”。藏书家与书爱家是两个不同的概念。

龚明德先生对年轻爱书人都给予积极的帮助和鼓励，倾力培养读书种子。对老一辈作家更加尊重。一次，与朋友聊天，我笑称龚明德是流沙河办公室主任。流沙河先生去湖北、到南京皆由龚明德陪同；龚明德先后为流沙河编辑了《流沙河短文》、《流沙河随笔》、《再说龙及其他》等著作；有人需要流沙河题字也大都找龚明德从中联系。流沙河对龚明德组织的活动也每每出席坐镇给予支持。因此，可说龚明德是当之无愧的“流办”主任。

流沙河先生曾赠龚明德一联：“陪着斋中万卷，断了门外六场”。龚明德先生斋名“六场绝缘斋”，所谓六场，即舞场、赛场、官场、赌场、情场、商场。有人提出异议，说他情场未绝，其实六场为泛指一切与书无关的场面。流沙河先生觉得“六场绝缘斋”不妥，遂在一次与龚明德南游归来的火车上取斋名为“明德读书堂”，与“六场绝缘斋”并用。龚明德先生并不是“两耳不闻窗外事”的书生，而是构筑书香社会的积极倡导者和实践者，当纸质读物有逐渐被电子读物取代之势时，成都的阅读活动却频繁举办，新书品评会、讲座、书人茶聚等等，如火如荼，这座城市又像20世纪40年代一样，倍受瞩目，成了书人向往之所。活动策划者便是龚明德先生。

目前，自称在出版社“打工”25年的龚明德先生，又再次回到大学恢复了“卖嘴”生涯，并从事专职研究，可谓龙回大海。相信将来会有更多的龚著为社会增添书香。

2009年6月14日于秋缘斋

徐雁：构筑书香社会的倡导者

在当今读书界，关于读书之书收藏最多大概要数徐雁先生了。认识徐雁先生前就从资料上得知，徐雁先生，笔名秋禾，1963年出生于江苏吴县，系南京大学教授、中国阅读学研究会常务副会长、江苏省作家协会会员、民革江苏省委副主任委员。出版有《秋禾书话》、《名人读书录》、《雁斋书灯录》、《故纸犹香》、《沧桑书城》、《苍茫书城》、《书房文影》、《开卷余怀》、《到书海看潮》、《中国旧书业百年》等多部学术著作，主编有《中国读书大辞典》、《中华读书之旅》等。

与徐雁先生结缘始于2005年初夏，徐雁先生100余万字的巨著《中国旧书业百年》（2005年5月科学出版社出版）刚刚出版，就通过“彪记”快递公司给我寄来一部，他在扉页贴上一黄色纸条，上书：“《中国旧书业百年》精装典藏本，郭伟存，乙酉芒种后于金陵，徐雁。”这也是秋缘斋所藏第一部徐雁先生的书。后来，我问徐雁先生签名为什么不直接写在书上？他说这是港台地区作家流行的一种签名方式，以备受赠者在处理书时，把纸条撕下即可。我想我的藏书在我的有生之年是不会处理的。

《中国旧书业百年》是一部需要仔细研读的大书，也是我国第一部系统探讨近现代中国古旧书业发展历史和经营业态的学术专著。该书成书历时3年半，徐先生为搜集资料奔波于全国各地旧书市场，呕心沥血，废寝忘食，填补了中国旧书业史的空白。封面有方成所作漫画—— 一个身穿粗布长衫、裹着厚厚围巾之人，手里提着书，腋下夹着书，眼睛还盯着架上的书，爱书之相憨态可掬。

我编《泰山周刊》得到了徐雁先生的帮助和指导，他为我推荐了许多作者，曲阜师范大学文学院文学博士、副教授张诒三发来邮件说："前一段时间，有幸接南京大学徐雁先生赠书，告诉我您的邮箱，并鼓励我与您联系，说您主编《泰山周刊》，很有书香，今慕名给您发信，并附寄近作书评一篇，算是投名状……"当我创办《泰山书院》杂志邀徐雁先生做杂志顾问时，他欣然同意，并发来稿子支持。《泰山周刊》增设4个版的文化版后，寄给各地作家征求意见，徐雁对改版后的《泰山周刊》很满意。他说："董宁文经常在我们这里宣扬你的版面编得越来越好，建议暑假中你可找一两家企业赞助，召开一个'《泰山周刊》研讨会'，邀约十几位知名作家和同行朋友，共同发表对于进一步办好'泰山书院'的意见，整理成为一份'言谈录'，并通过我们的书友网络，在《开卷》等各地报刊上积极加以宣传评论，一定有益。"

2005年秋，应北京《芳草地》编辑部之邀，参加全国读书报刊研讨会。在会上见到了徐雁先生，先生清瘦潇洒，风度翩翩。他建议，一年一度的研讨会，都要有一项合作项目，当再次坐到一起来研讨时，合作已经完成。在这样一种机制下，报刊研讨会才是建设性的、前瞻性的。我赞同他的意见，因此记忆深刻。每年都坐在一起，只是泛泛地空谈读书，而没有一个具体的方案，就失去了研讨会的意义。

有人不但吃了鸡蛋还要认识下蛋的鸡，而且认识了下蛋的鸡还要索取鸡蛋。不断地向作家们索书，是让作家头痛的事，读者要书说明是喜欢作家的作品，可是出版社给的样书根本满足不了索书者的要求，只好自己买书送人。秋缘斋所藏的徐雁先生的书大都是从各地书店、书摊淘来的，徐雁先生主编的1999年7月南京大学出版社出版《中国读书大辞典》，淘于泰安古旧书店；2002年5月东南大学出版社出版《开卷余怀》淘于扬州新华书店；2004年11月书海出版社出版《故纸犹香》和2001年7月江苏教育出版社出版《书房文影》邮购于孔夫子旧书网……

徐雁先生是季羡林弟子白话文的学生，当他主编的《中国读书大辞典》出版后，在北大举办了新书品评会，季羡林先生在会上讲："我拿到

《中国读书大辞典》以前的思想活动是，'读书'怎么能编成'大辞典'？但这是一个闪念。读到这部书以后，发现设计、印装都是出色的。规模很大，内容无所不包。如果要查找什么东西，得心应手。因此，我感到读书第一次有了这么好的词典。"季羡林的首肯更增加了书的分量，出版时间不长，就再版印刷。

《故纸犹香》的序言《敬惜"字纸"，呵呵……》让人过目不忘，其中附有一老者挑着纸篓收字纸的《收字纸图》，不禁让人想起清代画家曾衍东所画的一幅《敬惜字纸》条屏，上方题诗云："惜字当从敬字生，敬心不笃惜难成；可知因敬方成惜，岂是寻常爱惜情。"古代人对于文字纸张的爱惜程度，是现代人所无法理解的。每个读书人都在书桌旁摆一个字纸篓，将废弃的纸张丢入其内，等着用扁担挑着字纸竹箩筐的沿路拾字纸的老人来到，再将字纸倒给老人，带到敬字亭去焚烧。那是对字纸的一种敬畏，甚至是一种崇拜。

在《故纸犹香》中我最喜欢的是"访书的小风景"一辑，其中有《海上淘旧书记》、《金陵淘旧书记》、《北京潘家园淘书记》、《合肥淘旧书两日记》和《富阳华宝斋去来》，淘书文字篇篇精彩。在《海上淘旧书记》记录了一段趣事：黄裳先生惜字如金，为人签名只写"××先生教正"几个字。徐雁先生为江苏古籍出版社《中国版本文化丛书》组稿，去拜访黄裳先生时，带去了黄裳的《来燕榭读书记》和《榆下说书》请黄老题跋，并拿出了抄写在纸片上的杜甫诗句"自去自来堂上燕，相亲相近水中鸥。"请黄老题写，黄老一看，把纸条收了起来："何必写那么多？"提笔仅留下"为秋禾先生题"6个字，在《榆下说书》扉页题写"为金陵雁斋主人题"。徐雁只得苦笑着颔首示谢。

为了方便外地书友到南京淘书，徐雁先生还专门写了一篇《南京书林"淘书图"》，详尽地介绍了南京各个书店的地理位置。先到哪家书店，再沿哪条路往哪拐，走几站路，再到哪家书店，哪家书店有什么特色，可以打多少折扣，都有说明。读了先生的文章，在心中就形成了一个淘书路线图，对南京的图书市场有了初步的了解。

徐雁先生每年都奔波于各地，参加学术会议，每到一地，必去淘书，满载而归。在开封书店街访书，见到一部开本宽广的仿古线装书《民间剪纸精品鉴赏》，图文并茂，堪称图书收藏中的“精品”，心生爱意，询问书价，店家告知，要在原价52元的基础上再加收10%的交易费时，他竟“闻言不禁三呼侥幸”，并曰：“以此书品，若在南、北两京的书店书摊，即使付出百元也岂易得手!”淘得心仪之书的那种喜悦、那种兴奋，只有爱书人才能理解。董桥先生说黄俊东“四十几年风雨不改，是香港读书界著名的‘书店巡阅使’，写书话，写掌故，十足书虫”。其实，说徐雁是书店巡阅使，也是当之无愧的。

徐雁先生的雁斋里藏书一万多册，能到雁斋中参观先生的藏书，在书法家华仁德题写的“风檐展书读，古道照颜色”匾额下与先生合影，是天下“蠹鱼”所向往的。据说，雁斋中书名带“书”的书就有1000多册。他不仅自身孜孜不倦地读书治学、著书立说，还以传播书香、构筑书香社会为己任，千方百计帮助读书界的老学者出版个人专著，由他和傅璇琮主编、河北教育出版社出版的《书林清话文库》，已连续出版了3辑。他先后与多家出版社合作推出了“读书台笔丛”、“松叶文丛”、“六朝松随笔文库”、“华夏书香丛书”等多种系列丛书，在读书界产生了很大的反响。新文学版本专家、北京师范大学博士生导师朱金顺教授在给藏书家韦泱的信中说：“1990年我出了《新文学考据举隅》，一直没出集子。这以后10多年，写了约70多万字，但我与出版社少联系，也不愿开口求人。2006年，运气来了，徐雁教授要我编个集子入他们的《书林清话文库》，这就是《新文学资料丛话》（河北教育出版社2006年12月出版）……”老先生的喜悦之情溢于言表。

在一次与书爱家龚明德聊天时，龚明德说：“徐雁是培育书香社会的领袖，我只是他的随从。”徐雁先生也确实是一位构筑书香社会的倡导者，他每年都到各地为读者作专题读书报告，他一直致力于推动社会阅读，致力于“培养读者爱书的情怀，来增益他们对图书的爱好，从而把自己陶冶成为一个真正的中国读书人。”他在主编的“华夏书香丛书”的总序中写道：“解析源远流长的中华书文化史，来贴近现代读者的阅读兴趣，来培养读者爱书的情怀，来增益他们对图书的爱好，从而把自己陶冶成为一个真正的中国读书人。”徐雁先生说：“阅读让全民族精神起来，我们要为我们民族的跨世纪发展培育下千万个‘读书种子’。”

2007 年 5 月 1 日于秋缘斋

收藏张炜

“我觉得我踏上了一条奇怪的道路。这条路没有尽头。当明白了是这样的时候，我回头看着一串脚印，心中怅然。我发现自己一直在寻找和解释同一种东西，同一个问题——永远也寻找不到，永远也解释不清，但偏要把这一切继续下去。”（张炜《一辈子的寻找》）张炜在这条道路上探索着、寻找着，行进途中不断有新著充实着人们的书房。

自从上小学父亲送给我一部长篇小说《战地红缨》时起，除了我借出的几本无法收回的书外，我没有丢弃过一部文学著作。对书的感情就像《远河远山》中的主人公对纸的痴迷一样，蚂蚁似的向家里搬运书籍。数年的积累，藏书渐有规模，书房不敢有“娜嬛”之称，便取名曰：“秋缘斋”，并请丰一吟先生题写了斋名。

巡视自己的藏书，发现斋中所藏当代作家的作品版本最多的是张炜的著作。对他的作品并非刻意寻求，是在读了《古船》之后，开始偏重购买，他的作品有一种独特的艺术魅力，《秋天的愤怒》、《外省书》、《九月寓言》使人如痴如醉。

不知不觉中张炜著作竟买了几十种，本以为收藏了张炜大部分著作，查了资料发现他出版的著作远远不止这些，便心生收藏张炜之意，开始留意张炜著作。研究一位作家，如果得到这位作家的签名本更有价值。在济南中山公园的旧书市场，无意中发现了1996年2月作家出版社出版《我的田园》的签名本，上有“张炜 九七、四”字样，可能是作者的签名售书。摊主不知是签名本，遂以极低的价格买了下来。有了这个经验，以后即使遇到复本也翻看一下，果然又买到了一部1997年6月山东友谊出版社出版

《致不孝之子》的签名本，在扉页上写着："××兄正之 张炜 九七、四月"。受赠者是位知名人士，不知为何，使这部签名本流落旧书摊。

知道我收藏张炜著作，河南刘学文寄来《楚辞笔记》、江苏姜晓铭寄来《精神的丝缕》、安徽叶嘉新寄来《激情的延续》、清华大学李莉寄来《最美的笑容》、河南的刘学文和安徽的许进几乎同时为我寄来了《守望于风中》、淄博袁滨送我《远河远山（续写完整版）》……一些素不相识的书友在看到我的淘书日记后，也为我代淘张炜著作。大连的别冬生在《秋缘斋书事》后跟帖："偶尔看到《秋缘斋书事》，深为阿滢兄的文笔所感染，同时亦为兄的淘书精神折服。得知你收集张炜的作品，本人恰好有《丑行或浪漫》，愿赠予阿滢兄。"书友徐明祥转赠我一部张炜为他签名的1996年10月山东画报出版社出版的《心仪》，并在扉页题跋："平阳子阿滢创办《泰山书院》，为各地书友交流搭建平台，颇得好评。今有新著《寻找精神家园》问世，特以寒斋潜庐珍藏近10年的张炜签名本《心仪》相赠，以示祝贺，亦为秋缘斋集藏张著增添一个品种。1993年曾写过一首小诗，名为《寻找精神家园》与阿滢兄的书同名，亦缘也。"

终于有了机会，张炜在我所藏的《古船》、《秋夜》等几本书上题写了"阅读幸福"、"请阿滢指正"等。作家都非常看重自己第一部作品，张炜从1980年开始发表第一篇小说，到1982年下半年共创作了20余万字的作品，他前期的作品大都写到一条河——芦青河，其实是张炜根据他家乡发源于胶东南部山区的泳汶河作为原型杜撰的一条河流。他把芦青河当做了自己的生命之河，以后的作品中大都有芦青河的影子，他把处女集命名为《芦青河告诉我》，1983年10月由山东人民出版社出版发行，后来山东文艺出版社再版时更名为《芦青河纪事》。他曾说："我最看重的，是第一本书所给我的喜悦、所给我的久久不能消散的美丽的余音。就像一只琴，它的独特的音质和式样令我偏爱，尽管它的模样越来越老旧了。"张炜在我所藏的《芦青河告诉我》上题道："阿滢是写作者永恒的鉴定。"

张炜笔下的人物都有着鲜明的个性，《古船》里的隋不召、《磨菇七种》里的老丁、《外省书》里的鲈鱼、《九月寓言》里的赶鹦……都是让人过目不忘的人物。张炜笔下的玉米地是那样的神奇，在玉米地能找到瓜果、找到野猪、甚至还可以找到媳妇，玉米地成了青年人的天堂，让书斋里的读书人也对玉米地生出无限的遐想。他对荒野的描写与玉米地一样充满诱惑："谁见过这样一片荒野？疯长的茅草葛藤绞扭在灌木棵上，风一吹，落地日头一烤，像燃起腾腾的火。满泊野物吱吱叫唤，青生生的浆果气味刺鼻。兔子、草獾、刺猬、鼹鼠……刷刷刷奔来奔去。"（《九月寓言》）

张炜有着深厚的乡土情结，这从他作品的名字就可以看的出来；《融入野地》、《钻玉米地》、《灌木的故事》、《原野的精灵》、《我的田园》、《田野的故事》、《如花似玉的原野》……他对田野的描述有很多印象来自童年，他在"关于《九月寓言》答记者问"时说："我出生不久就随家迁出龙口，搬到了海滩林子里，那里离一些村落还比较远，是一个林场和园艺场。由于太寂寞，后来我就穿过林子到一个外地人聚居地去……我在那儿找到了极大的欢乐。我在那里玩得入迷。直长到十四五岁我才离开林子，把小村藏到了记忆里。"

后来，我收到了张炜挂号寄来的台湾版的《蘑菇七种》和《远河远山》的签名本。《蘑菇七种》是中篇小说，也是他中篇作品中最长的一部。后面附有《生长蘑菇的地方》、《钻玉米地》、《拉拉谷》和《激动》几篇小说，张炜自认为《蘑菇七种》是他最好的作品之一，但这部作品在社会上的影响却不是很大。《远河远山》秋缘斋庋藏 4 个版本，明天出版社出版、南海出版公司出版、时代文艺出版社出版和台湾 LNK 印刻出版有限公司出版。小说讲述了一个人与"社会"相依为命的故事，母亲早逝，继父暴戾，少年的他离家流浪，悲惨的境遇和物质的匮乏都没有阻止他的写作，在流浪途中结识了形形色色的写作者，歪歪、疙娃、大胖、老会计、贤人……一生都在找纸、找题材、找人物的他信奉这样一种信念：一个人最健康的活法莫过于写作。

张炜作品收藏得越多感到难度越大，他的作品版本众多，《九月寓言》有8种版本，其中上海文艺出版社出版4种，春风文艺出版社出版一种，香港天地出版社出版一种，台湾时报出版社出版一种，日本流彩出版社出版一种；《古船》的版本有15种，其中人民文学出版社出版4种，作家出版社出版一种，花山文艺出版社出版一种，山东文艺出版社出版一种，香港天地出版社出版3种，台湾风云时代出版社出版3种，美国出版一种，日本螺旋出版社出版一种。张炜是位崇尚完美的作家，他的作品再版时大都是修订版，长篇小说《远河远山》出版8年之后，他又增补了4万余字的“缀章”部分，出版了“续写完整版”。因此，张炜的著作更具版本价值。张炜的散文随笔集中的文章有交叉重复现象，对此，张炜也持反对态度，主动废弃了一些出版合约，但各出版社根据自己的需要出版的选本各有侧重，个别篇章重复在所难免。有朋友劝我说张炜出版的作品多，而且年轻，不断有新著问世，收藏他的著作难度太大，不如另找个老作家作为收藏研究的对象，但个人的兴趣很难改变。这些年早已沉浸到张炜作品中去了，已适应了他的作品风格和语言叙述形式，况且一次性就能买回的作家全集，根本无法体会到偶尔得到一部张炜旧著带来的那种喜悦之情。

我着手整理张炜著作书目，2006年5月山东文艺出版社出版的《张炜研究资料》附有一份《作品年表》，而这份最新的年表中所载的张炜作品也只是一部分。我通过各种渠道汇集整理了一份书目，包括张炜在美国、法国、香港、台湾等国家和地区出版的作品共有200余种，我把书目发到了张炜的电子信箱，让他最后核实一下，他去掉了几册作者与他重名的书，添上了几部新著，发了回来，于是，我手里有了一份最为详实的《张炜著作版本目录》。

张炜在一路寻找，寻找着历代作家也在寻找的一种东西。而我在寻找着张炜的足迹。张炜说：“太阳很大，大得不可想象，于是你迎着它走，自觉步步接近，到头来它还是那么远。事物大到了一定程度，世上的尺子就不折自废。但顽强的人永不放弃自己的尺子，他要寻找崭新的刻度，通往上帝。”

2006年12月24日于秋缘斋，时值圣诞前日，
在收读各地师友圣诞信息之喜悦中完成此文。

感觉马旷源

结识马旷源源自自牧，牧兄寄我一篇《历下三士》，作者马旷源，记述了与山东自牧、徐明祥、于晓明的友谊。因是同道书友，看到这类稿子特别亲切，我特地请了一位书法家题写了篇名，用整版篇幅推出了这篇稿子。由于文末只注明作者系云南省当代文学研究会会长，没有联系地址，便将样报由牧兄转寄作者。不久，便收到了马旷源寄来的《云水书话》（2005 年 8 月中国文联出版社出版）和《天南书话》（2005 年 12 月远方出版社出版）两部签名著作。

适逢腿疾，随身带了《天南书话》住院治疗。这部著作缓解了我的病痛，也让我走近了马旷源教授。马旷源 1956 年生于云南极边第一城——腾冲县。大学毕业后，在楚雄师院任教，并兼任楚雄彝族自治州政协副主席、云南省当代文学研究会会长、中国当代少数民族文学研究会副会长等职。

旷源兄是史学家。书中收录了《中缅边界问题》、《磨盘山之役》、《张献忠屠川》、《杜文秀起义大事记》等有史学价值的文章。其中还有一组 4 万余字的《滇缅抗战书录》，叙录了 2005 年前出版的大部分反映滇缅抗战的书籍资料。他之所以对滇缅抗战史料感兴趣，工作之余收集了几乎所有有关滇缅抗战的书籍，是因为他的一家就是乘腊戌撤退的最后一组远征军车返回祖国的。

读了《张献忠屠川》一文，才知道披着农民起义领袖外衣的张献忠竟是惨无人道之徒。张献忠在四川作恶多端，杀人无数，他杀人完全不加选择，杀从官、杀绅士、杀武士、杀妇孺、杀降官。“仆之地，滚以石轴，立成肉泥”。杀无可杀便杀妻妾，张献忠偶夜静无事，忽云：“此时无可杀者。”遂令杀妻妾数十人，惟一之子亦杀之。这种心理阴暗之人一旦成事，将国无宁日矣。

旷源兄是民俗学家。在《天南书话》中收录了《回族民间故事三则》、《说鼠》、《猴文化补说》等。《谈厕所文化》一文中作者风趣幽默的语言让人忍俊不禁。

旷源兄是文艺评论家。他曾先后出版过《新文学味羹录》、《〈西游记〉考证》、《回族文化论集》、《滇文化散论》等文学评论著作。在《天南书话》中有《溯源革命文艺观》、《诗论：五四的二重主题》、《略谈乡土文学的现实主义内容》等篇什。

旷源兄是作家。他出版有长篇小说《忘川之恋》，小说散文合集《飞海寨》，诗集《旷源诗选》、《迷乱的星空》、《秋声集》和《边城风云》等。他在从政、教学研究之余，还有精力写出这么多的文学作品。这种精神着实让人敬佩。

旷源兄是书话家。他藏书两万余册，每日浸淫书海。有索借而万不得已者，宁可买一册送人，也不外借藏书，因为他的藏书随时作了批注，而这些批注成了他创作书话的依据。在这部著作中收录的一组关于朋友赠书的文字，是我最爱读的。马旷源在写到每一册书的同时，也记录了与该书作者的友谊，一些恩怨也直言不讳，保持了书生本色。书中引用山西藏书家杨栋写给他信中的一句话：“书不必别人看，自己觉得好就行。”旷源兄对此话颇为赞同。出书如果只是孤芳自赏，完全可以自己打印、装订自藏。书一旦出版，就不属于作者本人了，它是属于整个社会的一笔精神财富，或多或少地会对社会的文明进步产生一定的影响，它不是没有生命价值的私人物品。杨栋兄亦是我的好友，但二兄的观点还是不敢苟同。

尽管旷源兄担任州政协副主席多年，但他不是政治家。他在文中坦言：“官场无恒定因素，官场无定势，官场无真正的朋友，官场无人情，官场无道义。官场只有利害冲突和利害结合。今天的朋友，明天可以是敌人，今天的敌人，明天可以做朋友。一切取决于利益，有利即友，无利即敌，有害尤其是敌。”官场上事都是只可意会不可言传的，一个成熟的政治家怎能如此公开谈论官场呢？旷源兄给自己书斋取名“风啸斋”，“风啸啸兮易水寒，壮士一去兮不复还。”取荆轲杀身成仁之意，一意进取，在寒风凛冽中进击。他在高中时期便通读了鲁迅著作，他曾买过3个版本的《鲁迅全集》，通读了十几遍，深得鲁迅思想精髓。他的座右铭是，屡战屡败，屡败屡战。说到底还是鲁迅倡导的“韧”性。设定目标之后，勇往直前，不受任何干扰。哪怕碰得头破血流，只要不伤及性命，依然执意向前。旷源兄这样性格还是远离官场，回到书斋做学问的好。即使鲁迅再生又能如何呢？

《天南书话》所收文章较杂，一多半超出书话范畴，似乎叫文集较妥。从一书中可窥视旷源兄丰富多彩的人生之路，从政、写书、编书、教书、做学问，旷源兄是集众长于一身的杂家。汤世杰在旷源兄散文集《春水桃花旧板桥》序中说：“吾友马旷源，看上去既非‘素数’，也非‘非素数’，既不愿只做‘被约数’，也不甘只做‘约数’。有时他能痛痛快快地‘整除’他人，被同事朋友包容认同，实足一个‘约数’，有时他既能‘整除’他人，又能被他人‘整除’，像是个‘非素数’，也有些时候，他是绝不愿也绝不能被他人‘整除’的，那时当然就是个‘素数’了。”至于旷源兄到底是什么数，读了他的著作，你就有数了。

2006年6月9日~10日于高孟骨伤医院

八号病房榻上。时窗外芙蓉花开，麦香扑鼻。

瞧，这个人！

在我交往的师友中有两位知名的美髯公，一是湖南的彭胡子——彭国梁，另一位是云南的马胡子——马旷源。两位都是才华横溢，著作等身的作家。彭胡子暂且不表，今天，咱就先说说马胡子。马旷源在教育界是大学教授，从教30多年，桃李满天下；在文学界，他取得了一些专业作家也无法比拟的成就；在政界，他是云南楚雄州政协副主席，副厅级官员。按说他应该是一位要风得风，要雨得雨的主儿，但是在现实生活中却是处处掣肘，历经坎坷。因为他是一位宁折不弯、敢作敢为、响当当的汉子，是一位"不合时宜"的真人。

厄运在初中就已开始，13岁的他因班主任推卸责任，嫁祸于他，于是他的班长职务被撤，在全校批斗一年。报考大学时，连续两年成绩优良，因受父亲牵连，政审被卡。第三年终于冲破藩篱，进入了云南民族学院就读。毕业后，先后在楚雄卫校、楚雄州委党校、楚雄师专、楚雄师院工作，主持创办了《楚雄师专学报》，任楚雄师专学术委员会副主任，《楚雄师专学报》常务副主编。1997年，马旷源当选为州政协副主席。

木秀于林风必摧之，趁他下乡考察之际，他所在的学院没有报上级批准，也未通知他，就突然宣布免去了他在校内的职务，命他回中文系上课。他担任副教授15年后，申报正教授时，却被当时他任评委时评出讲师们组成的评委所否决；学院不认可他的科研成果，理由是他的著作前言、后记、勒口均未提他是该学院的人。消息传出，舆论哗然。后来省委领导过问，才算解决问题。这么一个有影响的人物，在本单位却受到如此对待，实在匪夷所思。

马旷源不仅仅是作家，确切地说他是位杂家，对文学、史学、民俗学、文学评论、书话等多有涉猎。他的著作有长篇小说、诗集，也有学术著作。他的散文素朴缜密，清隽沉郁，语言洗练，文笔清丽，极富真情实感。旷源兄是位活得真实，极有个性之人，他的散文也像他那颌下美髯一样真实。旷源兄的老友汤世杰说："他就是他，他的散文就是他的散文。一个人活在世上，总该活成他自己。一个人的文章要活在文坛，难道不也要活成他自己吗？"他的学术著作《马旷源民族文化论集》，分《西游记考证》、《傣族文化集》、《彝族文化论集》和《回族文化论集》四卷，是旷源兄学术研究的一项重要成果。

在文化圈里马旷源仍遇到一些尴尬，他早在20世纪90年代初就已加入中国作协，出版了30余部文学及学术著作。然而一些省作协会议他都没有参加的份儿，在一次省作协代表大会上，一位老作协主席问，为什么不安排马旷源任委员？主事人宣称，他连代表都不是，无法安排。很多人都明白，马旷源去了，会抢了他们的风头。这一切皆因妒忌使然。

面对喧嚣的社会，旷源兄依然保持童真。工作之余仍专心作他的锦绣文章，作品一部接一部出版。引得一些无聊小人妒火中烧，四处散布流言，他从政，不腐败，又无辫子让人抓，便有他所到之处必有美女作陪，吃饭需有美女应侍之反映，惹得纪检部门找他谈话。面对这些空穴来风，马旷源不屑一顾。在新著《幽闲鼓吹》出版时，特意找了一些与女作家、女同事、女同学、女学生的合影照片放在书中。"以证事实，壮声色"。旷源兄心里明白流言蜚语是成功人士获得劳动成果时的副产品，只要坦然面对，谣言不攻自破。

旷源兄无论做事、作文皆不按套路，一切我行我素。近年来他致力于书话创作，出版了《雁峰书话》、《芜园书话》、《云水书话》、《天南书话》等。当他的一本新书话集出版时，没有再取书话之名，而叫《幽闲鼓吹》，他说："见到某小报关于书话问题的讨论，连篇累牍，一意要为书话正名。似乎不按其要求所写，就不能算是书话，须逐出教门。便有些小心怕怕起来。凑巧读唐书，捡到一联‘幽闲鼓吹’，借过来，代替了书名。”他何曾怕过什么，只是感到好玩而已。至于书话的写法，唐弢先生说：“需要包括一点儿事实，一点儿掌故，一点儿观点，一点儿抒情的气息”，这似乎成为书话写作的定律。这只是一种写法，书话本不应该有什么定法，只要是关于书的话题，想怎么写就怎么写，无拘无束才行。如果像古体诗那样非要讲究平仄对仗，受各种条条框框的束缚，那么写出来的书话就千篇一律了。

旷源兄的藏书颇具规模，而且像孙犁一样有包书衣的习惯，满架的书都被包得土色土香。有人借书，他宁可再买一本送人，也不外借。一日，几位学生结伴来访，有的陪他聊天，有些在书架前浏览。当学生离开时，他发现有几位学生躬身而行，大喝一声，有书从怀中掉出，被他笑骂一番，学生仓皇而逃。马旷源并不是一位整日满脸阶级斗争的斗士，也充满生活情趣。平日，各地师友给我邮寄的书刊在邮途屡屡丢失，长沙书人萧金鉴称我为“丢书专业户”，旷源兄看到这个消息，便写《戏赠“丢书专业户”阿滢》一诗寄来。朋友读之，皆捧腹大笑。他还曾写过一个《皇帝上厕所》的笑话，更是让人忍俊不禁：

皇帝上厕所有严格程序，先是金鼓齐鸣，造势。然后由太监拥至御厕，一个口令，一个动作。太监喊：“开——龙——袍！脱——龙——裤！掏——龙——具！洒——龙——水！”皇帝依次完成。然后再喊：“甩——龙——头！一甩龙头——再甩龙头——三甩龙头——”尿液甩净后，又喊：“置——龙——具！ 复——龙——裤！ 穿——龙——袍！ 恭——送——皇上！”小便仪式到此结束。皇后看到如此气派，也想试一试。于是一群宫女将皇后拥至御厕，开喊：“开——凤——袍！脱——凤——裤！开——凤——眼！洒——凤——水！”再喊：“夹——凤——眼！一夹凤眼——再夹凤眼——三夹凤眼——”皇后说：“可以了。”正要离去，突然屎急。宫女又喊：“开——凤——肛！”

这则笑话让人笑过之后不由得陷入深思，许多人在某一位置上常年以来都是按照一定的程序机械地运行，没有思维，没有创新，年复一年，日复一日，只是一具没有灵魂的木偶。假若旷源兄亦是按部就班、循规蹈矩地按规则行事，那么，他也会少受非难，左右逢源，在一片赞颂声中，平平稳稳地做一个好好先生，而他偏偏是一粒响当当的铜豌豆，少了一个“老好人”，多了一位“铁汉子”。戊子年秋日，经省、州委领导批准，旷源兄终于含泪离开了他参与建校的楚雄师院，到州政协任专职副主席，真可谓被逼着去做官了。得知这一消息后，心下窃想，幸亏旷源兄去的是政协，如果是其他部门，以旷源兄的性格，这个官员也不会长久的。

到了政协，工作不再像以前那样忙碌了。对旷源兄来说，更是如鱼得水，有更多的时间去体验生活，去搞自己喜欢的研究和创作。己丑初夏，又收到了旷源兄的新著《风寒日冷江湖晚》。信中说：“我近日住院，生平第一次。中耳炎导致头痛不已，已逾两月。住院也已半个月矣，感触多多。但未伤及大脑，还可骂人！”他人在医院，仍不忘骂人，可谓秉性难移也。

旷源兄曾写过一首《自题小像》，最能体现他的个性：“这是一个敢爱敢恨的人。用热烈的爱，拥抱热烈的憎，如赫拉克勒斯，在空中捏死安泰。有很多人爱他，也有很多人恨他。固执地坚守住自己，一路向前走去；当轰然倒下时，用骸骨垒一个大写的人字！”

2009 年 12 月 19 日于秋缘斋

书人萧金鉴

生活在当今社会的爱书人是幸福的，虽然没有唐弢、黄裳、姜德明那个时代，随处可见新文学著作的签名本、毛边本，旧书市场萎靡得甚至无书可淘，但新出版的好书总是让人目不暇接。况且，读书、写作也进入了一个相对宽松的时代。各地的民间读书报刊亦有燎原之势，这些民刊的创办者都是纯正的读书种子，约稿、编辑、排版、发行，往往都是一个人独立完成的。一个人就是一个编辑室，一个人就是一家杂志社。一个人就干着官办杂志十几个乃至几十个人的活儿。这些人不计报酬，不计时间，为了构筑书香社会紧张地工作着，默默地奉献着。《书人》编辑萧金鉴先生就是其中的一位。

与萧金鉴先生结缘于2005年，当时，龚明德先生为我寄来几份读书报刊，其中有一册《书人》杂志，只有一个半印张。杂志虽显单薄，但无论印刷质量，装帧设计，还是文字内容都是一流的，作者大都是全国知名作家、书话家，刊布内容皆为书人书事，正是我平日所喜读的。从此，便与《书人》编辑萧金鉴先生建立了联系。

萧金鉴退休前曾任多家报刊编辑，自谓“经历坎坷，看透人生，但不消极，爱岗敬业，生性淡泊，嗜书如命，读而忘忧”。书人萧金鉴编《书人》杂志，正是黄金搭档。每个杂志都有一个“场”，这个“场”由人气组成，单看《书人》的作者阵容，就可看出这个“场”的辐射力之强。有文化耆宿，亦有当红作家。《书人》的封二每期都是一位著名作家在书房的照片，配以作家简介及手迹，篇首便是萧金鉴为该作家作的访谈录，以满足读者了解名人书房及作家创作足迹的欲望。

困扰民刊的最大障碍是办刊经费问题，民刊大都是办刊者自己承担出版发行费用，往往刚步入正常轨道，就因经费问题而停办。2006 年，《书人》易帜岳麓书社，仍由萧金鉴编辑，办刊风格未变。有经济实力雄厚的出版社做后盾，《书人》杂志就不必担心办刊经费了。

自牧曾说，萧金鉴的丑石斋里已是书满为患了，很多书籍不得不放进纸箱，装进麻袋，租房子存放。但他还是不断的手提肩扛地往家里带书。夜以继日地读书，编稿，使他的视力大损，医生嘱咐他少用眼，但他还是乐此不疲地工作着，奉献着。让《书人》走近更多的书人。萧金鉴是热心人，我主编的《泰山书院》创刊后，他多次给我发邮件，探讨办刊路子，对于如何办好杂志提了好多建议。每次拙著出版，他都及时在《书人》杂志作介绍。当他得知我经常丢失师友寄来的书刊时，就给我出谋划策，如何防备小蟊贼。但现行的邮政制度无法查询平寄邮件，就给贼儿带来方便，只要当时抓不住，他就可大胆下手。各种法儿都用了，邮件还是不断丢失，因此，他给我封了个“丢书专业户”的帽子。

他淘得好书也与我分享，他知道我爱读书类书籍，就给我寄来《中国文化名人谈读书》和《纽约寻书》。他在《中国文化名人谈读书》扉页题跋曰：“你赠我自己写的书，我送你别人写的书。总之，都是秀才人情一本书。阿滢存读金鉴于 2006 年酷暑中”。在《纽约寻书》扉页题道：“纽约寻书不辞远，悦读无处不销魂。阿滢卧读 金鉴于盛夏长沙”。

一次，一位陌生的网友在网上发帖：“秋缘斋书事，一见心犹切。下载百余张，连看半个月。睡前三十分，零点卧床阅。一读竟忘我，两点仍未歇。妻醒顿生疑，疑是情书帖。什么吸引你？你得老实说。我说尽谈书，妻心大不悦。书是一本本，这是一页页。又问谁写的，我说阿滢也。阿滢女孩名，你又怎么说？我即下床去，照片取一叠。北京年会上，合影张张列。阿滢大胡子，难道是我贴？妻见有名姓，脸上阴转晴。你们这班人，尽是书呆鳖。不去争官做，不去弄钱财。总是抱本书，活得真遭孽。明日订个本，免得看散页。看就日里看，晚上应息歇。我眼竟含泪，心头一阵热。关灯潜入梦，好事频频接。上了闲闲版，阿滢有新帖。鼻子闻一闻，书香犹浓烈。”书友们问这位网友是谁？我也莫名其妙，后来这位老兄自揭谜底，才知道是萧金鉴先生。他在天涯闲闲书话发帖、跟帖皆用打油诗。因此，他的《丑石居杂俎》长贴被书友称之为“萧家油坊”。

流沙河先生说：“真正的读书人都不喜欢张扬，这些主持民办读书类报刊的人就是这样的读书人。”萧金鉴就是这样的读书人。

2008 年 7 月 29 日于秋缘斋

江南才子王稼句

苏州书友为我寄来一本书——《谈书小笺》，是稼句兄早年著作，1994 年 12 月哈尔滨出版社出版。书分两辑，第一辑是书信，是他信中谈书、品书内容的辑录；第二辑是读书的感想以及有关书的掌故。该书正 32 开本，薄薄的，封面素雅。宁静的夜晚，妻子已进入了梦乡，我便打开台灯，斜倚在床上，进入了稼句兄的精神世界。仿佛看到，坐在窗前伏案疾书的稼句兄在向远方的朋友诉说着自己读书的感受；又仿佛坐在芭蕉树下，品着香茗，听稼句兄说知堂、说孙犁、说钱钟书、说陈平原、说黄裳，讲徐志摩与陆小曼、林徽因的感情纠葛……那种感觉让人陶醉。尽管《谈书小笺》在印制上不如他后来出的书精美，但能给人一种极愿亲近的感觉。

与稼句兄神交已久。辛酉春日，他与止庵来山东，自牧邀我前往拜会，我有事，未能赴约。过后不久，稼句兄发来电子邮件："阿滢的名字久仰了，袁滨、宁文都说起过，还看到贵报'开卷文丛'的专版，真是很好。我前天方从济南回来，此行先往天津，河北教育出版社有一个'书林清话丛书'的座谈会。到济南后，又去了曲阜、章丘、周村，止庵与我同行，他没有到过泰山，只是因为时间关系，便各自回家了。"

稼句兄似乎为书而生，在他的"城南小筑"里有 3 万多册藏书，每日浸淫其中，读书、编书、写书成了他日常生活的重要内容。每每"去邮局取回那一大包一大包的新书，解开纸包时，心绪难以言说，好像是旧时进入花烛洞房，正挑开新娘盖头的一刹那，这里究竟有些什么呢，当看到真想买而未曾买或未曾买到的书，往往会笑出声音来。"（《寻寻觅觅都是情》）这种心情每一位书友都体验过，把打开包裹、急于看到包裹中书籍的那种急切、那种兴奋，喻作洞房花烛夜揭开新娘盖头的心情，真是恰如其分。

秋缘斋收藏的稼句兄的第一部著作是《秋水夜读》（2002 年 5 月东南大学出版社出版），皆书人书事。稼句兄说："我祸枣灾梨，印了一些书，不知道你是否有存，不要重复了，如一本没有，那就最好。知道你喜欢书话，就寄上《秋水夜读》一册，聊供消遣。关于书的随笔，山东画报出版社还有一本，年底印出，也当奉上。我一般不买书送人，但是真正的爱书人，自然例外。"之后，稼句兄每有新书出版，总不忘寄我一册。

稼句兄耐得住寂寞，整日为还文债伏案写作，还要钻进故纸堆里点校古籍。他说："不甘寂寞固然很难，而甘于寂寞似乎更难，对于像我这样的人来说，首先想到的就是承受得住寂寞，做人如此，文章学问之道，大概也是如此。"稼句兄曾主持一家出版社的编政，策划了不少有关苏州历史、文化方面的图书，如"忆江南丛书"、《苏州古典园林》、《苏州古城地图》等，受到出版界同行的赞赏。他自己撰写、编纂、点校了多部有关苏州内容的专著，如《苏州山水》、《姑苏食话》、《古保圣寺》、《苏州旧梦》、《苏州旧闻》、《三生花草梦苏州》、《消逝的苏州风景》、《追忆》、《烟雨同里》、《走遍中国・苏州》、《姑苏斜阳》、《吴门柳》、《吴门四家》、《浮生六记》、《苏州文献丛钞初编》等。如果说陆文夫先生的小说、散文反映了苏州的文化精神，稼句兄则从苏州文化的描述、研究、文献整理上做出了贡献。

王稼句这个名字已经和苏州密不可分，在网上键入"苏州"两字，就能搜到王稼句，搜索王稼句就会出现苏州。有人说，给王稼句写信，只要写"苏州王稼句"就能收到，而且还确有其事。"有一回稼句的一个外地同学给王稼句写信，写信封的时候，记不得地址，就先写上'苏州'和'王稼句'5 个字，准备查到地址后再填上去，结果给忘记了，就把信件丢进了邮箱，最后远在苏州的王稼句还真的收到了这封信。"苏州作家范小青在《苏州王稼句》中这样写到稼句兄，一方面说明他是苏州名人，再就是，他的信函、包裹、稿费单不断，邮局的工作人员对王稼句这个名字太熟悉了，所以就能准确无误地把信件送到稼句兄的手中。

本想在北京的一个会上能见到稼句兄，结果，他没有赴会。直到辛酉秋末，他有本书在山东出版，我们终于在济南见了面。中午，高朋满座，齐鲁书社原副总编辑、《藏书家》丛刊主持者周晶先生，山东画报出版社徐峙立女士，篆刻家陈威光先生，以及书爱家自牧、徐明祥、石灵……一大帮书虫子聚在一起，席间话题亦皆书也。我曾在《上海古旧书会》会刊上看到虎闱这样介绍稼句兄："王稼句要朋友、好饮酒。凡读书人，无论来自天南地北，一到姑苏便可享尽其热情之地主款待。书里书外，说古道今之气氛，足让客人终身不忘。更让客人难忘的是，酒宴开场每每王稼句敬酒他人频频，自己则不停豪饮，到后半场却往往是朋友们倒过来劝王稼句少饮。"这次见面，让我亲身感受到稼句兄的豪爽，他不但具有江南人的细腻，亦具北方人的豪放，开怀畅饮，来者不拒。真真一个性情率直的江南才子。

稼句兄对我说："《泰山周刊》在你们那地方办到这程度，有那么多的大家支持，很好。但你不要满足，你满足了，就是当地的阿滢，不满足，就是全国的阿滢。"过了几日，接到龚明德老师电话说："你的《书事》我看到了，王稼句说得对，那句话很好，你不要只做山东的阿滢，你要做全国的阿滢。"

稼句兄"闲来喜欢读前人的墨迹，有时读着读着，似乎那笔墨也在缓缓流动，觉得有一阵小风在树林吹过，抑或是岩上的水滴落下深潭。"（《垂虹秋色满东南》）他的书法和他的书话一样耐读。秋缘斋里藏有一幅他为我写的知堂先生的感逝诗："绕过中秋三两日，东园风景太萧条，墙阴草色浑如旧，无复闻人话六朝。"时常展读，以消倦意。

正当酷暑，又收到了稼句兄的新著《看书琐记》（2006 年 7 月山东画报出版社出版），在这炎热的季节，为我带来了一丝凉爽。书中所收作品没有一篇旧作，全是2005年3月至12月间写的读书随笔，并恪守承诺，在出书前没有交报刊发表。稼句兄在《小引》中写道："几乎每天午后，我常常拿一本书倚着软榻，随便翻翻，自己是当作休息的。特别是从天高云淡的凉秋，到那暖风烂漫的杏花天，晴朗的日子，看着看着也就有些迷迷糊糊，前人说的负暄之乐，大概就是这样得来的。"多么惬意的读书生活呀。

清人张潮在《幽梦影》中说："人莫乐于闲，非无所事事之谓也。闲则能读书，闲则能游名胜，闲则能交益友，闲则能饮酒，闲则能著书。天下之乐，孰大于是？"真正的读书人孜孜以求的不正是这种生活吗？稼句兄已经在这种生活里悠然自乐呢。

2006年8月13日午后赤膊于秋缘斋窗下

天津有个罗文华

传说孙犁的文章一个字也不能改，因此，有些编辑即使发现错误也不敢改，认为孙犁是大师，这样写肯定有来头。还有人认为约来孙犁的稿子不易，擅自改动会引起孙犁的不快。《天津日报》社副刊编辑罗文华却敢于给孙犁纠错，他认为有错不改，以讹传讹，实际上是帮了孙犁的倒忙，是对读者不负责，也对孙犁不负责。他在处理孙犁稿子时发现孙犁将伊藤博文写成了“斋藤博文”，马上提出来改正，后来又发现过几处错别字，在征得孙犁的意见后一一改正，孙犁也很满意。孙犁说：“外界传言，我的文章，不能改动一个字，不知起自何因。”其实，孙犁是位严谨的作家，他认为编辑把关对作者是“难得的匡助”。后来，罗文华又在孙犁的《买〈崔东璧遗书〉记》和《我的经部书》两篇文章中发现，“崔东璧”的“璧”应该是“壁”，而且很多版本收入这两篇文章也都用错了。孙犁特别赏识罗文华，当罗文华去看望孙犁时，怕时间长了影响孙犁休息，几次提出告别，孙犁都用手示意不要着急，继续探讨关于读书、办报的话题。罗文华散文集《槐前夜话》出版时，孙犁特意题写了书名。

认识罗文华是在一次全国读书年会上，之后不久便收到了他寄赠的著作《与时光同醉》，2003 年 8 月由东南大学出版社出版发行。初冬的一个午后，它飘然而至。我小心翼翼地打开尘封 5 年的佳酿，马上被浓郁的书香所陶醉。这是一部毛边本，我读毛边本没有一些师友一手拿书一手持刀，边读边裁的雅兴，那是一种闲适的阅读，比较适合读诗词类书。如果读到精彩之处，再手忙脚乱地去裁书，也影响了阅读的情绪。所以，我读毛边书都是先全部裁开，再慢慢去享受。《与时光同醉》是一部读书随笔集，是看了目录和插图就使人着迷的一部书。晚上散步归来，便打开床头灯，沉浸到罗文华的世界里去了。

罗文华是幸运的也是幸福的，负笈燕园而且可以随时亲聆大师謦欬，是读书人羡慕和渴求的。4 年的大学生活，除了正常的上课和必要的课外活动，他泡图书馆的时间竟达 7000 多小时，同学们忙着交友、谈恋爱、托门子找关系跑分配的时候，他却沉迷于琅嬛洞天，不问世间俗事了。他翻阅的很多书里都有蔡元培、梁启超、李大钊、胡适、鲁迅等大师的笔迹和手泽，那是多么让人激动的事呀。他在图书馆竟泡出了感情，工作人员为他在一个靠窗户的地方专门安放了一把太师椅，成了北大图书馆唯一的专座。当年，毛泽东在这儿当图书管理员时，也没有享受到这种待遇。图书馆职工举办各种活动也都邀请他参加，有时还让他替班，给出入阅览室的教师和研究生换阅览证。那段宝贵的时光，成了罗文华人生中最美好、最难忘的记忆。毕业后，他如愿分配到《天津日报》社工作，荣幸地成为孙犁的同事。孙犁是《天津日报》社的骄傲，先后在《天津日报》发表了 80 多万字的作品，占他全部发表作品的 1/3，是《天津日报》社的荣耀。罗文华到文艺部工作后，直接编发了不少孙犁先生的稿子。

老作家邱勋在一次会议上说，20 世纪二三十年代的作家都是学者，既能写作，也能翻译，胡适、林语堂等还能直接用英文写作，而现在的作家，有几个能懂英语、搞翻译的？是的，现在的作家不但不能搞翻译，有些作家竟然声称不读书也能写作，似乎自己就是天才了，而这种所谓的作家又能支撑多久呢？一个不读书的作家能创作出思想深刻的作品吗？罗文华编稿之余手不释卷，阅读了古今中外大量的文学作品，因其渊博的学识，天津师范大学文学院聘其为兼职教授。他不但热衷于文学创作，对书画、文物亦多有涉猎，先后出版了《烛边茶话》、《槐前夜话》、《罗文华说紫砂壶》、《消逝的天津风景》等几十部著作。翻译出版的英国女作家简·奥斯丁的长篇小说《理智与情感》，印行数万册，一个月内便再版印刷。

因为工作关系，他接触的作家、艺术家较多，他的谦恭好学，得到了许多大师的首肯。书法家刘炳森曾说："我曾经从我的前辈和朋友张中行、龚望、王学仲、冯骥才、孙伯翔诸先生那里，零零星星地听到过对文华的好评。文华约我为《天津日报》写稿，修改编排得十分得体，使我感受到他的热情和严谨。见面一聊，谈书法，谈文物，谈文学，谈佛学，谈得十分投缘。文华游学于未名湖畔，亲炙众多名师教泽，受过非常正规的学术训练，写作起点较高，多年来又坚持钻研，扎实修炼，不辍笔耕，与日俱进，才、学、识相融互通，文章自有不凡之处。”刘炳森对罗文华的评价是中肯的，也是恰如其分的。

一次，启功去天津，罗文华与众多记者前去采访，有关部门为启功身体着想，规定采访时间为半个小时，启功因午睡晚出来了几分钟，一见面就作揖致歉。罗文华说：“您是国宝，理应保重身体。”启功听了笑道：“国宝？对了，有人说我长得像大熊猫。”启功的幽默使现场的气氛活跃起来，当谈到他的《自撰墓志铭》时，罗文华当场背诵下来，启功很兴奋，聊兴大发，无形中延长了采访时间。

罗文华的藏书之丰誉满京津，许多读者写信询问他藏书的数量，一般的藏书家都没有一个准确的藏书数字，如果去一部部查对书的册数，所耗费的时光可以读好多书了。加之源源不断地购书，因此，藏书家的藏书数量是无法准确统计的。当他被推荐为藏书家庭，有关人员前来调查时，对他的藏书估算了一下，说，若把他的藏书一本本摞起来，恐怕要比他工作的 30 多层的天津日报大厦还要高。说这话是在十几年前了，如今他的藏书肯定比几座天津日报大厦摞起来还要高。一个成功的藏书家离不开家庭的支持和理解，早在 1998 年，他就在妻子的鼎力支持下，购买了 150 平方米的房子，楼下是生活区，楼上是藏书、读写区。需要什么书，妻子都帮忙代淘。姜德明先生曾在《爱书的朋友》一文中说：“天下书痴的夫人们都是可敬的！”罗文华夫妇举案齐眉，志同道合，令人艳羡。红袖添香夜读书，罗文华何其幸也！

2008 年 11 月 15 日夜于秋缘斋

第三辑

城市蠹鱼

那一树藤萝花

初识自牧

湖北书友黄成勇出差到济南。想看看与书有关的部门和人，打电话问四川文艺出版社的龚明德：找谁领路合适？龚明德想都没想马上答复：找自牧！其实，龚明德和自牧两人还没有见过面，只是神交已久。龚明德说："在几千里之外，有一个可以信任的爱书的友人，实在是人生一大幸福。"

自牧乃何许人也？他不是专业作家，却有国家一级作家的职称，先后出版了《百味集》、《抱香集》、《疏篱集》、《三清集》、《绿室诗存》、《人生品录——百味斋日记》、《淡庐日记》等著作；他不是专业编辑，却为文友们校编了百余部作品集；他不是书法家，有些报刊社却找他题写刊名。自牧原名邓基平，又号淡庐，是一位在全国书话界颇有人缘的书爱家。

认识自牧，首先是读了他的日记，再读他的书信、序跋，最后接触他的人。在没有见到他之前，读他的作品，那里面充满了对生活的热爱，对书的痴迷。搞文学创作大都是从小说、诗歌、散文开始，而他却一直倾心于日记文学的创作。几十年来乐此不疲，正是因为日记的原因，书斋里的自牧才开始为社会大众和媒体所注意。他与于晓明共同主编的《日记报》，由报纸型改为书刊型出版后，时间、精力、财力的投入日益加大。几年下来，他们投入了几万元，为营造书香社会，一直在默默地工作着，奉献着。他们的《日记报》也逐步被书话界书友所认可，并成为书友们喜爱的"民刊"之一。

我在自牧的办公室里看到过他自己装订的日记本，日记写在16开稿纸上，每篇日记都字迹端正，没有一丝匆忙潦草之感，装订的整整齐齐，有封面、有衬页，封面上题有集名，装在十分精制的档案盒里。如果单单一个时期这样做尚不算难，难能可贵的是自牧二十几年来一直是这样仔细地去记录去保存日记。其做工之仔细，就是一般的档案管理人员也无法比拟。这些年来，自牧写了几百万字的日记，1993 年 10 月山东文艺出版社出版了他的《人生品录——百味斋日记》。在自牧的日记里，几乎每天都有与各地文友交流的信息。读了他的日记，一个豪爽、好客的当今孟尝君的形象就在脑海里形成了。张炜评价说："我想这大概是山东文坛第一部长篇记事，也是泉城文人当中第一个有心人撰写的。这部日记文笔洗练，记事清晰简约，而且极少有情感的夸张。我想这是中国式的《龚古尔日记》，必将成为今后研究山东乃至中国当代文学的人的手中瑰宝。"（《文友自牧》）

书友于晓明在一篇文章里说自牧每年散书 3000。自牧每编一本书，都留 100 本送人。他说："我给文友的回信都是随信寄去一本书的。"他的日记、书信上也都有他送书的记录，他编了 100 多部书，散书又何止 3000 呢？我第一次见他时，他就送给我 20 多本书，有他自己的书，也有为文友编的书，他在书上分别题跋道："我以我文行我法，甘为人弟不为师"、"沐浴书香"、"自放幽香不争中"。以后，每次与他见面，都有书相赠。

自牧推崇孙犁的文品和人品，孙犁欣赏自牧的才干，两人遂成忘年交。孙犁生前，自牧曾多次前去天津探望，并与孙犁的研究者刘宗武、郭志刚等专家、学者以及孙犁的儿子交往密切。在孙犁的《书衣文录》（1998 年 5 月山东画报出版社出版）中，曾三次提到自牧：他在《古今伪书考补证》书衣上写道："山东邓基平寄赠。国家形势堪忧，心绪不宁，午饭后装整之。1989 年 5 月 18 日"；在《遵生八笺》书衣上写道："1989 年 9 月 19 日，邓基平寄。书价昂，已寄款去。此书收入 4 部丛刊中，已不易得。余见有排印本，原想购置。然此本油墨纸张均甚差，所谓好书不得好印。且有删节，未能令人满意，然今日出版物，亦只能将就看看。当日晚记"；在《菜根谭》一书封皮上又写着："此昨日收到之山东邓基平所赠小书。余初认为明人议论，不甚注意。及见书后附傅连璋序，乃叹为珍本也。傅氏行医汀洲，红军至参加革命，随军长征，于我军医，大有贡献……1989 年 11 月 10 日下午装讫记。”

在孙犁的《芸斋书简》（1998 年 6 月山东画报出版社版）中，收入了孙犁写给自牧的 16 封信。自牧的处女集《百味集》出版时，孙犁为之题写了书名，并由此衍生出一段书缘：北京有一位叫孙桂升的老先生是孙犁的崇拜者，只要是孙犁的书见到必买。孙桂升在北京琉璃厂的中国书店发现了孙犁题签的《百味集》后，买回去读了，并与作者自牧取得了联系。此后两人鱼雁往还，10 年间便得信几百封，全是淘书、读书、写书之感受，遂于 2003 年两人合作出版了书信集《南北集》。

每次去自牧的办公室，都看到成摞的正在校对的书稿，奇怪的是整天与文字打交道的他却不会使用电脑。为了迎接在北京召开的第三届全国读书报刊研讨会，他编了一部《半月日谱》，收录了全国 48 名书爱家 2005 年 1 月 1 日至 15 日的日记。当我收到他寄来的我的《泰山日历》样稿时，我打电话告诉他，我改好了稿子即发到他的电子邮箱里。他说，他不会用电脑。尽管他家里的电脑已买了好多年，却一直都不会使用。在当今信息时代，从事文化工作的哪儿有不会用电脑的呢？自牧不但不会使用电脑，就连手机信息也不会发，我笑他：“你这是在拒绝现代文明呀！”仔细一想，他拒绝电脑，也有他自己的道理，如果使用了电脑，他那一本本装订整齐的手写日记、书信还会有现在的效果吗？前些年，写信与朋友交流是我生活中不可或缺的一部分，写起信来洋洋洒洒数千言，有些信文采飞扬，有些信情意绵绵，现在读来仍觉有趣。自从有了电话，特别是使用电脑写作以后，写信就极少了，即使发封电子邮件，内容也像电报一样简捷，再也没有原来写信时的那种情趣了。电脑可以提高人的工作效率，同时也容易使人浮躁。我想，这也是自牧拒绝电脑而坚持用笔写作的原因之一吧。

王小波是一位游走在文坛边缘，被称为“文坛外高手”的特立独行的自由作家。自牧与王小波有相似之处，他不愿介入文化圈内的山头之争，醉心于自己的日记写作，别人的小说出版、散文发表、诗歌获奖，他都无动于衷。想想这些，自牧何尝又不是一位“特立独行”的平民作家呢。

2005 年 7 月 2 日于《泰山周刊》编辑部

夜访伍立杨

中国真是个伟大而又神奇的地方，中午还是长衣大褂，几个小时后，就进入了T恤衫的世界。每年一度的来访，对海南已是轻车熟路，下了飞机，打的来到早已预定的宾馆，一番洗漱，换上夏装，步入附近的夜市，品尝海南风味小吃，一下子被淹没在叽里呱啦的海南土语之中，顿有置身异域之感。

这些年，独自外出已成习惯，自己喜欢的地方可以多玩一会儿，多住几天，无拘无束，不受任何人的干扰。每到一地访书访友是必做的功课。用过晚餐，给伍立杨打电话，他正巧在家，约我过去聊天。遂打的赶到海南日报社新闻公寓。

来到浮沤堂，仿佛进入了一个书的世界，写字台、茶几、地上到处都是书籍。他亦用书架放书，高大的书架及至房顶。我也不喜欢用书橱，书橱放书太少不实用，总觉得那是摆在官员身后做装饰用的。对爱书人来说，书籍就像皇上的妃子，没有嫌多的时候。立杨兄在人民日报社工作时，与另一家人合住一套房子，真不知当时他把那些宝贝藏在哪儿。后来，他放弃灯红酒绿、市声喧闹的京华生活，携8000“佳丽”飞抵海南，著书立说，与世无争，做他的逍遥“皇帝”去了。

140平方米的房子被他布置成了一个大书房，客厅40多平方米，为第一书房，藏书大都放在这儿，命之曰：“浮沤堂”，斋名由范曾题写。“浮沤”一词典出苏轼《龟山辨才师》一诗，“羡师游戏浮沤间，笑我荣枯弹指内。”本意是指水面上的小泡沫，旋生旋灭，喻人生无常耳。立杨兄在其《书房散墨》一文中云：“是日已过，命亦随减；如鱼少水，斯有何乐？

是曰浮沤而已。”写字台后悬挂着流沙河的一副对联：“九州风雨写史笔，百尺楼台读书灯”。以前，我曾走马观花地看过立杨兄的藏书，有好多只闻其名而未见之书。第二书房10平方米，名“发呆室”，立杨兄解之曰：“盖以不为发呆之事，难遣有涯之生而已。”另外还有画室，立杨兄不但是作家，他的国画造诣颇深，圈内人皆以藏有他画作为荣。说起这些年出版的作品，他说已经出版十八九本书了，但个别书印数少，影响不大。秋缘斋所藏立杨兄的著作大都是他的签赠本，也有一些是从孔夫子旧书网邮购的。2006年去海南时，刚到宾馆，立杨兄就驾车来接我出去吃饭，他给我带了《漏船载酒》和《墨汁写因缘》两本书，我让他签名，他说，吃完饭再签吧。结果回来时忘了。立杨兄曾给我寄过他的《故纸风雪》，邮途丢失，所以我不敢再相信邮政，把书寄给立杨兄签名。事隔两年，我去海南时又把那两本书带上请他补签的。每次拜访立杨兄都有收获，他又找出了《读史的侧翼——打捞历史的碎片》签名相赠。

立杨兄的作品愈来愈受到读者的青睐，出版社稿约不断，他说，最近，还有几部书稿要赶写，忙得焦头烂额。近日，辽宁教育出版社同时推出他的两部新著《烽火智囊——民国幕僚传奇》和《倒计时——晚清迷局中的生死较量》。出版社要在济南举行的第十九届全国图书交易博览会上举办首发式，立杨兄也亲临现场签名售书。聊天时，立杨兄先后给济南、泰安的几位朋友打了电话，分别告知他要去济南参加书博会。

怕影响立杨兄的休息，我起身告辞。立杨兄说，他约了《南国都市报》副刊主编叶海声来与我见面，现正在报社值班编稿子，一会儿就过来。大约10点左右，叶主编带着报样过来了，他刚从北京鲁迅文学院进修回来，我问起鲁院的一位朋友，他说是他的副班主任。这次和他同去鲁院学习的有两个山东人，其中的一位也是我的朋友。有共同的朋友，话题也就多了，聊得兴奋，忘了时间，不知不觉聊至深夜，相互留了联系方式，匆匆告别。立杨兄让我回山东时一定给他打电话，他说要送我一幅画。

办完了在海南需要做的事情，便订了返程机票。本来不想再打搅立杨兄，但经不住那幅画的诱惑，还是在给他打了电话之后，冒雨赶到海南日报社，立杨兄已在大门口等候，他交给我一个手提袋说：“里面有一罐食品，是香港的朋友寄来的，送给你！”立杨兄执意要送我去机场，他那么忙怎么再去麻烦他呢，遂婉拒之。

回到宾馆，见手提袋里还有一本书，是唐晋主编的《治国与治史》，收录了二月河、孙立群等7人的史学讲座内容。一个大信封内装有立杨兄的国画《峨眉山月》，另有一个微型册页，有十几幅立杨兄的《花鸟小品》。随即发信息致谢，立杨兄回信息说：“那个册页是我的早期作品，但愿有点儿意思。”

2009年4月19日于秋缘斋

董宁文：营造书香社会的义工

南京有个凤凰台饭店，凤凰台饭店办了一份民间读书杂志《开卷》，《开卷》的主事人叫董宁文。

董宁文这个名字爱书人都不陌生。南京画家刘二刚在一篇文章中这样写道："他圆头圆脑，装着智慧，眼睛不大，目光敏锐，嘴不伶俐，包含着修养，腰背不挺，背负着责任和学问。"简单的描述，形神具备，一副憨厚、睿智的形象活灵活现。

现在的杂志大都在改版、增刊、精印，急功近利地追求时尚、浮华。相比之下，只有一个印张、封面与内文皆黑白印制、骑马订的小杂志《开卷》，在外形上有些相形见绌，但内容却是厚重的。《开卷》为月刊，创办至今已出版100多期，作者多为腹笥充盈的文化老人，绿原、谷林、牧惠、黄宗江、范用、何满子、周有光、黄裳、舒芜、杨绛……文化老人们不会轻易给杂志写稿，一要看杂志的质量，二要看编辑的人品。能约到这些当年叱咤风云的文坛大腕的稿子，说明董宁文的人品受到了老人们的肯定。董宁文对这些文化老人大都登门拜访过，季羡林、施蛰存、柯灵、杨绛、王元化等老先生家里都留下了董宁文的足迹，《开卷》和董宁文都被这些老人认可了。于光远说：《开卷》好就好在小，不论发展多大，也不要变大，还是这样的小册子，文章小，有干货。长文章空话套话就多了，没有意思。

《开卷》有一个"开有益斋闲话"专栏，是一个与各地文化人物互动的栏目，也可以说是文化名流的起居注，记录了他们出了什么书，参加了什么活动，创办了什么杂志，甚至病逝的消息。每次收到杂志，我都是习惯地先读这个栏目内容。这些看似不经意的文字，却记录下来许多珍贵的史料。后来董宁文把这个栏目的内容结集先后出版了《开卷闲话》、《开卷闲话续编》、《开卷闲话三编》和《开卷闲话四编》，再过两个月，《开卷闲话五编》又将由南京师范大学出版社出版。

董宁文在编辑《开卷》的同时，还与国内十来家出版社合作，参与策划出版了近百种图书，其中“读书台笔丛”10 种、“六朝松随笔文库”12 种、“中国版本文化丛书”14 种、“书林清话丛书”16 种等。《开卷》所刊发的文化老人的文章都是原创性的，具有极高的文化价值。出于对精英文化的责任感，董宁文还编辑出版了三辑开卷文丛，将这些文化老人的作品精华结集出版，每辑 10 种，三辑分别由凤凰出版社、岳麓书社和湖南教育出版社出版发行。“开卷文丛”与《开卷》的风格基本一致，以文化老人作品为主，并着意发掘被文学正史所湮没的作品和作家。《人书俱老》的作者李君维先生是 20 世纪 40 年代海派报人和海派小说家，和沈从文、张爱玲一样，是中国文学界的“出土文物”。他和张爱玲是同时代的作家，当年曾拜访过张爱玲和张爱玲的同学炎樱。《人书俱老》是他在解放后出的第一本书，书中收集了不少忆旧文字，现代文学史料学专家陈子善先生在序中介绍了李君维被重新“发现”的经过。

2005 年，董宁文把他所约写的 50 多篇介绍自己书房的文章结集为《我的书房》，由岳麓书社出版发行。王世襄、黄苗子、于光远、吕剑、王元化分别题签，董桥、流沙河作序。全是大家文章，并配有书房图片及作家手迹，图文并茂。这个阵容想不火都不行。董宁文乘胜出击，又连续主编了“我的系列”——《我的书缘》、《我的笔名》、《我的闲章》、《我的开卷》，一时洛阳纸贵。

在许多媒体不断地削减读书版的时候，各地的民间读书报刊相继创办，北京的《芳草地》、山东的《日记报》、上海的《博古》、湖南的《书人》、四川的《读书人》……一时间如火如荼。2003 年 11 月，《开卷》领衔组织召开了首届全国自办读书报刊讨论会，对民间读书报刊的办刊方向及发动全民读书活动进行了有益的探讨。自此形成惯例，每年一届的全国民间读书年会已在湖北、北京、江西、内蒙古、山东等地召开了六届。因为董宁文对读书界的贡献，2009 年 5 月份在宁波召开的中国阅读学研究会上，董宁文当选为中国阅读学研究会读书报刊联盟副主任。

董宁文藏书亦丰，在他的书斋“癖斯居”里有相当一部分签名本和名人题字，近水楼台先得月，他在与文化老人的交往中得到了许多的签名本和题赠墨宝。一次，黄裳先生重游金陵，董宁文陪同，游览明孝陵回城后，车子进了一个小区，是宁文的家，宁文从书橱里取出了一叠黄裳先生的早期著作，请黄老签名。黄裳先生笑称是“绑票”式签名。黄老一一签名后，宁文又拿出宣纸，请黄老留下墨宝，黄老提笔写下了“嫏嬛福地”四个字。流沙河先生光临“癖斯居”时题写了“夜临书城”，并作跋曰：“公元 2000 年 9 月 10 日之夜，携国梁、明德以及内子茂华访宁文之书斋，诸君所谈莫非书也，夜久竟不得出。流沙河记”。宁文还有个专题收藏，就是收藏“书缘”二字，每期的《开卷》封三都刊发一幅名家题写的“书缘”。他与人有缘，与书有缘，因而他的随笔集就叫《人缘与书缘》。

我与董宁文几次见面都是在会上，来去匆匆，一直没能细聊。直到丁亥秋日，我与徐雁及宁文二兄同往曲阜朝圣，才有机会畅谈，名人掌故、书界趣闻、出版轶事，与他似乎有聊不完的话题。对他也有了更加深入的了解。他是一个宽容之人，俗话说，人无癖不可与交。大凡有作为之人都有个性，甚至有怪癖。董宁文时常与各色人等打交道，对一些人的怪癖也能理解。他说，越是有毛病的人也越是能做点事的人。正是因为他的包容之心，才使得《开卷》获得了更多爱书人的支持与关注，使得《开卷》成为中国文化界的一份名刊。

2009 年 6 月 29 日于秋缘斋

灯下窗前长自足

认识刘德水缘于他的女儿。那次我们一帮书虫去北京布衣书局淘书，一个小女孩儿也跟着去了。我们淘书，她在一旁写写画画，当时谁也没有在意。吃饭时，小女孩儿拿出她画的速写，让陈子善教授题了“陈子善淘书图”几个字。我看了，见画面上也有我在翻找旧书。这才知道小女孩儿叫刘莐，是北京书友刘德水的女儿。

德水兄给自己的书房取名“三余斋”。“三余”二字，语出《三国志·魏书》裴松之注引《魏略》，“三余”者，“冬者岁之余，夜者日之余，阴雨者时之余也”。以三余名斋，意在珍惜时光、勤奋读书自勉。德水兄从首都师范大学毕业后，一直在京郊一所中学教书。地处京畿，又爱苦读，因而结识了一些大家耆宿。在他的《三余斋杂写》一书中，前两辑“书缘琐记”和“三余独语”皆为书人书事及读书随笔，记述他与张中行、启功、金克木、萧乾、姜德明、钟叔河等文化老人的书缘。老作家们每有新著出版，便常常打电话让他去取书。关系密切且获益最多的，大概要属张中行先生。十几年的交往中，他与张中行先生结成了忘年之交，隔一段时间不去说梦楼，老人便常念叨：“刘德水怎么好久没来了？”

1999 年，行公患脑血栓住院，让家人给德水兄打电话，把正在印行的几本书的终校任务交给他。前后两个月时间，他为行公审校了浙江文艺出版社的《张中行散文》，群言出版社的《望道杂纂》，北京广播学院出版社的《旧燕》，上海书店出版的《不衫不履文抄》和苏州大学出版社的《顺生论》。行公新书出版后，总要送德水兄一册签名本，他说：“你帮我做了那么多事，我得感谢你！”

德水兄还曾为行公“捉刀”写过一本书呢。1998 年，辽宁教育出版社准备出版一套“茗边老话”。“老”，一是话题限定在传统文化中，二是作者必须是腹笥充盈的耄耋老人。张中行也在被邀之列。当时，行公的精力已难以完成，却又难以推辞。无奈，给刘德水打电话，说：“咱爷俩趣味相投，文笔相近，看看能否你先写，然后我再看看，帮我把这一关渡过去。”最后商定了选题，决定写两人都感兴趣的“八股文”。德水兄在工作之余用了两个多月时间搜集资料，写出了《闲话八股文》一书。编辑在署名的问题上征求德水兄的意见，但他坚决不肯署名。书出版后，行公把所得稿费全部给了他，并在赠书的扉页上题道：“此刘君德水费心血之作，应出版社之情，由我掠美，甚惭愧也。”

读、写多了，德水兄脑子里也不可免地多不合时宜者。身边便有人指责他“不务正业”。出版家钟叔河得知，在信中鼓励他：“读书写文章，即如酒人之于酒，欲罢不能，不懂味的人是难于理解的。恐怕由他去吧是惟一的处理办法。中学教师，夏丏尊，朱自清，周作人，都是当过的，如果他们当初不‘不务正业’，在文学上会造成多大的损失！”当然，如今确实不比 20 世纪二三十年代读书人自由，遇到不合意的人或事，可以拂袖而去，到哪儿都可以工作、生活，一不留神就可能出现一个大家。体制束缚了人们的思想，遇到这些事，也只能忍气吞声，委屈自己，怎么能充分张扬自己的个性呢？孟子曰，“不得罪于巨室”，良有以也。

德水兄的《三余斋杂写》中的最后一辑除了《爱竹杂说》一文外，全是谈吃的文字。《儿时野味》、《春日菜肴》、《猪蹄儿》、《狗肉》……由此可见德水兄亦属饕餮之徒。但他又特别爱竹，信奉“宁可食无肉，不可居无竹”的古训，在他终于有了自己的一处地处一楼的房子时，马上从友人处刨来竹根，种在窗前，并想像着三五之夜，竹影摇窗的景像，复名书斋曰“竹影婆娑之室”。这德水兄懂吃，会吃，且能吃出趣味吃出品位来，真堪称“老饕”矣。

虎父无犬子。德水兄的女儿刘莸受其影响，不但善画而且能写。那次一起淘书之后，便写了《书鬼陈子善》一文发给我。多少年来，人们对爱书人有各种称呼：书迷、书痴、书蠹、书奴、书呆子……但“书鬼”一词却是第一次听说，实属刘莸首创。文章描写也特别传神，寥寥数笔便勾勒出了爱书家陈子善教授对书的痴迷形象。

德水兄在他的《书斋不亦快哉》中戏言：“余每欲终生与书为伍，而人多思与官同列；人视我为‘书蠹’，不求上进；我视人为‘禄蠹’，一心求官。直如泼妇骂街，打一平手，不亦快哉。”德水兄读书、教书、编书、写书，与友交往也都以书为媒。他先后给我寄来了张中行的《顺生论》、启功的《诗文声律论稿》等。在赠我的《三余斋杂写》扉页上写道：“因为有了书，这世界便不再清冷，而平添了几许暖意。”

唐弢先生诗云：“平生不羡黄金屋，灯下窗前长自足。”德水兄读书成瘾，甘以书蠹自居，移以比况，庶几当之。

2006年10月11日于秋缘斋，时夜深人静，秋风微凉。

小潜徐明祥

和徐明祥相识缘于书。

2004年到济南中山公园淘书，在一家书店看到了《书脉集》。据说书话家徐雁教授的藏书中，书名带“书”的就有500余册。我在淘书时，特别留意书名带“书”的书。我拿过《书脉集》翻看一下，果真是一部书话集。《书脉集》是徐明祥的第二部书话集，1999年9月作家出版社出版，钱仲联题签。书分四辑：“潜庐书话”、“临风随笔”、“潜庐书简”和“静夜心思”。其中的“临风随笔”和“静夜心思”两辑是散文、随笔，夹在其中，在阅读上有些阻隔。如果去掉这两辑的话，就是一部纯粹的书话集了。作者别出心裁地留了一个空白序——在序的位置印了两页空白稿笺，让读者随意填序。为人作序者，或学术上有所建树，或社会上有一定影响，或与作者相熟。让素不相识的读者作序，也是一个创举。

从书简的字里行间得到一点信息，作者是一位教育杂志的编辑，因为同道，便产生了结识徐明祥的念头。我在百度搜索网打上徐明祥的名字，搜索他的信息。查过好多资料之后，终于在徐明祥写的一篇教育论文的后面找到了他的工作单位和电话，一拨电话，是空号。再打114去查找单位，终于听到了徐明祥那略带乡音的普通话。

接到我的电话后，徐明祥就马上到邮局为我寄书，等了许久，没有收到。在此之前，南京的董宁文、湖北的李传新、甘肃的尚建荣、河北的高玉昆、安徽的许俊文、上海的陈克希、北京的周叶慧……给我邮寄的书刊都丢失过。不知现在的邮政部门怎么了，不挂号的邮件，根本没有保障。明祥只好再次挂号寄来了他的《听雨集》和《潜庐诗草》。

《听雨集》也是一部书话集，1997 年 4 月华艺出版社出版，赵丽宏、秋禾、王稼句作序，自牧跋，张中行题签。《听雨集》中也有“临风随笔”和“静夜心思”两辑，如果把这两本书重新组合一下，分别出一部书话集和一部散文随笔集，就完美了。

明祥后来又送我一册《书脉集》毛边题签本，他在扉页上题道：“郭伟先生于济南中山公园旧书摊淘得拙著《书脉集》，因此而相识而结缘。特赠毛边本以留念。”

龚明德说过：“别小瞧这种‘秀才人情’，在我们这类爱书人——我称为‘书爱家’——心目中，这互相送好书，简直就是过节日。”朋友的赠书，我在读后都会在专架珍藏，珍藏的不止是一本书，还有一份情感。

明祥因追慕大诗人陶潜，便在上大学时取笔名小潜，斋名潜庐。明祥不愿介入由文人、伪文人一个个小圈子组成的所谓的文坛。工作时间做学问，业余时间潜心读书写作，自得其乐。文人宜散不宜聚，文学创作是一种纯个体的行为，很难想象，组织沙龙，整天聚在一起，交杯换盏，虚伪地相互吹捧，像传销者一样臆造一个个虚无目标的人，能写出思想深刻的作品来。明祥起步虽晚，厚积薄发，两本书话集的出版，奠定了他步入中国书话界的基础。

从“潜庐书话”上可以看出明祥阅读范围的宽泛，《易经》、《诗经》、《陶渊明集》、《共产党宣言》、《毛泽东选集》等都在他的研读之列；从“潜庐书简”知明祥广交师友，与流沙河、忆明珠、张中行、范用、王学仲、姜德明、龚明德、林斤澜等都有文字往来。

借用书友自牧兄的话说：“读书医俗，藏书养趣，书籍使他沉静，也使他开始‘富有’。作为心系书道的文朋诗友，我为他的骄人成绩而欣慰，同时也对他的文学前程持乐观态度。”

2005 年 6 月 5 日于秋缘斋

书香盈盈一水间

书画大师王学仲为袁滨兄的新著《盈水诗草》（2006年8月作家出版社出版）题词："袁滨君学生时为少年诗人，青年为散文作家，中年为广播电视媒体人物，近则为万卷淘书人，故有此赠。"王老的题词也是对袁滨兄创作历程的总结。袁滨兄此前还出版有诗集《窗子与风》，但我对他的书话集《草云集》更感兴趣，一直放置案头，其中的文章读过不止一遍。

结识袁滨兄，亦为书缘，我曾编发过吉林作家葛筱强的《清新淡雅〈草云集〉》一文，介绍了书话集《草云集》。不久，便收到该书作者袁滨寄来的《草云集》的毛边本。原来，袁滨兄亦是山东人，我居鲁国边境，他在齐国故地，相距不远，却是通过千里之外的朋友介绍相识，岂不为缘？

书生相交，电话、书信、E-mail皆为书也，相互通过作品去探寻对方的心路历程。两年后，在胜利油田的一个笔会上，我见到了一直未曾晤面的袁滨兄，他刚到宾馆，就来到我所在的房间，知道我收藏志书，为我带来了《周村区志》和《百年商埠——周村》两部大型志书和他早期的诗集《窗子与风》。

笔会结束，袁滨兄搭乘我的车回家，车到周村，我们去了一条古建筑街游览。中央电视台《旱码头》剧组正在这儿拍外景，编剧是《大染坊》的作者陈杰。过去时，剧组刚刚收工，一杆做道具的大秤还挂在那儿。

我们在这条街上选了一家饭店，里面陈设全是清代装饰，随时可作拍片的场景。就餐的桌椅也是古式，用一种黑碗喝酒，端起酒碗就不由自主地想起梁山好汉。饭菜极具当地特色，这次晚餐似乎是在体验生活。袁滨兄约了几个朋友陪我们，其中的葛思绪是专写长篇小说的作家，舍下庋存他的长篇历史小说《李世民大帝》，几位朋友与袁滨一样豪爽，在他们的热情中，我们不知不觉中也进入了角色。吃过晚饭，袁滨兄执意挽留我们住下，由于预订了去海南的机票，急于回家收拾行装，便带着袁滨兄赠送的当地特产——周村烧饼赶回家。

袁滨兄与各地的藏书名家均有交往。丙戌秋日，他随《鲁商》摄制组跑了 20 多个城市，他的动态不断从各地反馈回来，武汉李传新发信息说："袁滨来武汉，黄总请客，我把《崇文》一至五期让他给你捎回去。"苏州王稼句发邮件说："前天，袁滨一行 8 人来苏州，他没有来过，因为时间短促，只看了几个地方，今天下午去扬州，然后转道南京回淄博。"……袁滨兄回来后就马上发来电子邮件："这次外出采访长达 28 天，颇有收获，除了采访报道，还见到了王学仲、峻青、何满子、阿红、李福眠、韦泱、王稼句、黄成勇、段华、袁毅等师友……《泰山书院》创刊号很有影响，我见王学仲、何满子和峻青先生时都问过他们，他们都已见到，并且印象很好。"

袁滨兄近年来致力于书话的创作，他的《草云集》除最后一辑外，全是有关书的文字，其实也是一部书友交游集。书友每有新著出版，他都会及时写出一篇赏读文字，为书友呐喊助威。在网上看到我连载的《秋缘斋书事》，马上发来一首藏头诗："秋水滢滢照书窗，缘分如诗滋味长。高朋云集凭栏处，雅兴意飞看斜阳。"袁滨兄人缘好，美女作家夏岚馨的畅销书《你们的恶》出版时，也特意请袁滨兄作序。

袁滨兄性情耿直，为人作文皆直抒胸臆，亦不为尊者讳。孙犁先生对周作人偏见颇深，他在《书衣文录》中写道："因缘日妇，投靠敌人之无聊作家，竟得高龄，自署遐寿，毋乃恬不知耻，敢欺天道之不公乎！"（《鲁迅小说里的人物》）"都说他读书多，应加分析。所写读书记，无感情、无冷暖、无是非、无批评。平铺直叙，有首无尾……是一种颓废现象，不足为读书之法也。”（《知堂书话》）。这段话曾多次被人引用过，作为对知堂书话的评价。袁滨说：“耕堂老人为延安革命作家，长期受赤色宣传，排斥性灵文学，其义愤填膺，情由可原。文字本身很难区分高下，就文学性所言，知堂比之耕堂要高。知堂文字之妙实非芸斋主人所言也。老人观点，宜应辨析。”孙犁先生是我敬重的作家之一，但对知堂老人的评价，我亦与袁滨兄持相同的观点。

贾平凹的《废都》出版后，引起了悍然大波，一些满口仁义道德，一肚子男盗女娼的伪君子，一边琢磨着《废都》里那些方格中应该是什么内容，一边口诛笔伐。《废都》在国内遭到围剿，却在法国获了奖，不能不说是一种绝妙的讽刺。谈到《废都》时，袁滨兄说：“他的‘方格’不同于《金瓶梅》，《金瓶梅》本系后人所加，《废都》则是作者自加，几百年了，作者写作还要加‘方格’，这从某方面体现了一种文化现象。加‘方格’是无奈之举，国情所限，也含有一层抗议的意思。”在贾平凹四面楚歌时，袁滨兄撰文支持，可谓贾氏知音矣。

爱书人都有一个书斋，袁滨兄原来斋名草云斋，因名字带有水字旁，总觉得与水有一种说不清的情愫。当他乔迁新居之后，便改斋名为盈水轩，并请王学仲先生题写了斋名。盈水轩里，袁滨兄坐拥书城，挑灯夜读，正如吴门作家王稼句为袁滨兄所题：“香茗一盅，残书一卷，卧游胜地，此乐何极！”

2006 年 9 月 13 日于秋缘斋，时夜深人静，秋月盈窗。

励双杰：寻自身快乐，光他姓门楣

余喜聚书，以文史为主，尤爱方志、家谱。丙午年末，收到一浙江邮件，为2008年1月山西古籍版的《中国家谱藏谈》一册，系浙江慈溪家谱收藏家励双杰所著，来新夏题签，徐建华序之。书前附有部分家谱书影。勒口有作者简介，作者自20世纪90年代开始，经手、过眼、编目的家谱近10万册，其千乘楼藏1949年以前所修家谱逾万册。收录于《浙江家谱总目提要》及《中国家谱总目》之家谱数量为私藏之最。

《中国家谱藏谈》一书介绍了作者所藏的稀姓家谱、合姓家谱、复姓家谱、彩绘家谱、红印本家谱、少数民族家谱、红色名人家谱、边缘谱牒等，并配有大量的家谱图片，既有观赏性又具资料性。书中夹有一张作者名片，随即与励双杰取得了联系，此后不断鱼雁往还，探讨家谱的收藏与研究。看到古籍充盈的千乘楼图片时，就想，励双杰生活在这汗牛充栋的古籍堆里是何等的惬意，何等的幸福。有机会也一定去看看双杰的千乘楼。

5月份，中国阅读学研究会在宁波举办年会，南京大学徐雁教授约我会后一起去慈溪访友，正合我意。会议结束后，便与徐雁、陈学勇、林公武等人前往慈溪。慈溪市属宁波市代管的县级市，城建规模超过了北方的一些地级市，单从气势恢宏的图书馆大楼上就可以看出当地政府对文化的重视。

励双杰住在慈溪市郊一个河边的普通的小院，院子里一座两层楼房，楼前一颗结满果实的柚子树。一楼的陈设极其简单，只有一个方桌、几把竹椅，没有一件像样的家具，真不敢相信身处富庶之地竟有如此简陋的陈设。

上了二楼就像进了书店的库房，四壁书架上全是线装本家谱。还有好多堆在地上。千乘楼又名思绥草堂，斋名由来新夏先生题写，由于四壁都是书架，斋名牌匾却无处可挂。千乘楼里收藏的建国前家谱已达一万多册，是目前中国个人私藏家谱第一人。楼上的宝藏与楼下的简陋形成了强烈的反差。励双杰搞家谱收藏始于1993年，当时，他在一个古玩市场看到一套《西华顾氏宗谱》，第一次见到这种深藏民间，一般秘不示人的家谱，就产生了一种冲动。问了一下价格，对方答曰，一共32册，索价1000元。他也没仔细翻阅，还价500元，把这套家谱买了下来。双杰说："这是第一次接触家谱，对家谱如果有什么概念的话，要从这部《西华顾氏宗谱》算起。但就是这第一次，给我如此强烈的冲击，并且在以后的岁月里，能一直保持着同样震撼、特殊的感觉。这也许是一种与生俱来的固有本性，家谱成为我生命中最重要的组成部分。"

千乘楼所藏的家谱中还有许多名人家谱，像李鸿章的《合肥李氏宗谱》、粟裕大将的《粟氏族谱》、毛泽东的《韶山毛氏族谱》、杨开慧的《蒲塘杨氏六修族谱》、彭德怀的《湘乡久溪彭氏续修族谱》、徐向前的《五台徐氏宗谱》、黄炎培的《黄氏雪谷公支谱》、胡耀邦的《安定胡氏族谱》……

家谱不同于一般的古籍，收藏者都是作为传家宝一代代往下传的，绝对不会出卖自己的家谱。双杰收藏了那么多的家谱，没有一套是直接从本家族中买来的。一次，他根据朋友提供的信息，到一农户家看谱，正巧，老人在院子里晾晒家谱，老人听说双杰是来看家谱的，就把他和以前曾来买他家谱的当成一个人，老人性格倔强，拿起家谱，随手扔进了一旁的火炉，并说："老祖宗的东西，不卖！"双杰赶紧把家谱抢出来，连说："不卖不卖，我也不买。"

千乘楼里的每一部都有着不同的来历，背后都有一个精彩的故事。双杰收藏家谱以来，与各地旧书商、古玩商建立了广泛的联系，只要有家谱出现，都会和他联系。1999 年除夕，他接到嵊州一位书商的电话，说有一部咸丰五年敦本堂木活字本《董氏宗谱》，该谱仅印了五部，其中有泥金所书 12 页，泥金写本在古籍中并不多见，是难得的家谱珍品。但当时正值过年，无法抽身去嵊州，待年后再去时，家谱已被人买走。与一部珍贵家谱失之交臂，使他懊恼不已。值得庆幸的是，半年后，双杰在一家古玩店里看到了这部使他一直耿耿于怀的家谱，虽以高出原价两倍的价格购得，仍喜出望外，珍若拱璧。这种失而复得的机会并不多见，一次，双杰买到一套《湘潭马氏族谱》，55 卷，还没仔细研究，被一位马姓朋友缠着转让，因抹不开面子，便让给了朋友。后来得知，这套家谱竟是台湾马英九的家谱。但已经给了朋友，就不能再去索回。以后，再也没有遇到这套家谱。

《韶山毛氏族谱》是他一直惦念于心、孜孜以求的族谱。该谱于清乾隆二年（1737 年）创修，此谱上下两卷两册。现国家图书馆仅存卷下残本；光绪七年（1881 年）二修；宣统三年（1911 年）三修；民国三十年（1941）四修。最初的《韶山毛氏族谱》除了国家图书馆的残本已无存，其余二修、三修、四修族谱，共 22 卷 22 册。要想收集齐全谈何容易。直到 1995 年，双杰才在广州一家古玩店里看到一册《韶山毛氏族谱》，但老板说是镇店之宝，不卖。到了 2001 年，根据湖南一位书友提供的信息，他花了两万多元买到了 15 册残本。后来，千方百计四处寻觅，终于把二修、三修、四修《韶山毛氏族谱》22 册配齐了。双杰把 22 册族谱全部摊开摆在地上，他也坐在地上与《韶山毛氏族谱》面对面坐了两个小时，本来不喝酒的他，打开了一瓶干红葡萄酒，一边品酒，一边欣赏他好不容易淘来的宝贝，心里就别提那个美了。虽然花费了 4 万多元人民币还有六七年的时间和精力，但他觉得值。

叶灵凤说："藏书家不难得，难得的是藏而能读。藏书而又能读书，则自然将心爱的书当做自己的性命，甚至重视得超过自己的性命。”藏书而不知读，犹弗藏也。我曾参观过一位藏书人的书房，他收藏了数千册图书，其中不乏精品，与之交流，却发现他不读书，遂问之，不读书藏书何用？他说，为子孙留下一笔财富。若其子孙与他一样，那书便失去了存在的意义。励双杰不但藏书，每收到一种家谱，便悉心研究、考证，有关谱学文章发表于《寻根》、《北京日报》、《天一阁文丛》、《谱牒学论丛》、《中国商报》、《藏书报》等报刊。并出版了《慈溪余姚家谱提要》、《中国家谱藏谈》等学术著作，《千乘楼藏名人家谱》初稿也已完成，正在修订中。2008 年 3 月，励双杰应邀参加由北京大学、南开大学、美国犹他家谱学会等单位主办的地方文献国际学术研讨会，并在大会上作了《家谱与地方文献》的专题发言。

尤其出乎意料的是，他还以藏书为题材，创作了一部长篇小说《阳谋》，在博客和论坛上连载后，受到了众多网友们的追捧。

我问双杰，搞家谱一共花费了多少资金。他说，没统计过，保守估计应该有数百万了吧。家谱由于存世少，一般又不会出卖，因此价格也高于一般古籍。有时购买一套家谱就要花费几万元，妻子经常取笑他：“买家谱时热血沸腾，回家查存款四肢冰凉。”夫唱妇随，没有妻子的理解和支持，双杰是无法取得这些成就的。难怪美国哈佛大学燕京图书馆善本室主任沈津在来过千乘楼后，撰文认为励双杰毫无疑问是中国民间收藏家谱的魁首，并称他“富可敌省”。

在励双杰的千乘楼里，来访的客人们都在寻找着自己感兴趣的资料。我发现一套山东的《展氏族谱》，拿出翻阅，该家谱为和圣柳下惠（展禽）家谱，为民国五年石印本。该谱一函 7 册，分别为头册、次册、天部、地部、人部、忠孝部、风雅颂部。在头册前有“兖邑祠庙神像图”、“泰邑和圣祠庙神像图”、“和圣祠墓神像图”、“食邑柳下书堂图”等，在圣祖（柳下惠）年谱中记载：“26 岁远行，夜宿于郊，时天大寒，有一女子趑趄，恐其冻死，乃令坐于怀，以衣覆之，至晓不乱。”遂一一拍照，待回家仔细研究。

社会学家潘光旦先生也沉醉于搜集家谱，曾有人送他一副联曰：“寻自身快乐，光他姓门楣。”这何尝不是对励双杰的写照呢。

2009 年 6 月 8 日于秋缘斋

于晓明：日记文学的倡导者

于晓明是日记文学的倡导者和身体力行者，他与自牧联袂主持的《日记杂志》在全国读书圈产生了一定的影响。收到晓明寄来的《茶歇集》(2006年12月中国文史出版社出版)，被古朴大气的封面所吸引，封面画有丰子恺作品《无言独上西楼月如钩》的韵味。晓明也第一次用古农这个笔名，此前，他出版的《无定集》和《川上集》皆署本名。

《茶歇集》是晓明君2004年全年的日记。来新夏教授在序中说："日记之体大抵分两种，一种是写个人记事以备查，文字比较随意的日记，作者不准备发表，或身后经他人发现整理，始公之于世的；另一种是作者利用日记体裁记事，准备公之于世，供他人阅读，内容也经过选择，文字也比较整齐规范。这可以称为日记文学。"这部《茶歇集》当属后者，日记贵在一个"真"字，研究人物所需资料，传记不如年谱，年谱不如书信和日记，日记是坦陈心迹的真实记录，即使公开的日记也不能为避讳一些人、事而失真，如果失去了"真"，日记就没有任何价值了。在《茶歇集》里就保留了这可贵的"真"，如日记中对一些人直言不讳的批评，这种批评不是人身攻击，只是善意的提醒，所以没必要隐去。

有人讨论日记应该怎么写，完全没有必要。日记是最自由的一种文体，就像止庵所说："想怎么写，就怎么写"。随心所欲地歌自己的所爱，憎自己所恨，长者可达万言，短者只记数语，完全看自己心情。有人坚持日记要写有史料价值的、有意义的事情，普通人的人生有几件有史料价值的事情可写呢？可一旦成名后，一次极普通的交往或谈话可能变得是有史料价值。不能认为没有史料价值就不去写日记。写日记免不了记些琐屑的事情，但往往日后会从这些小事发现有价值的东西，从鲁迅的日记里就可以推算出他一生购买了多少书，及他的收入情况，当初鲁迅记这些书账时也是很随意的。

在 3 月 1 日的日记里，有晓明与老学者何光岳电话交谈时的一段记录。何光岳说："我去年（2003 年）买了 9.9 万多块钱的书，出了 886 万字的民族源流史，25 斤重啊，定价 1680 元，拿了 30 多万元稿费，全部捐出去了。我现在藏书 84000 多册，186 个书架，10 大间房子装书，其中各类家谱 4600 多种 12000 多册，80%都是稀有古本；字典、词（辞）典 4000 多种；自然科学、农事方面的书 2000 多种；地图志书 1300 多种；文史哲方面的书最多，几万册。我写的《岳阳洞庭大桥记》，167 字，岳阳市委给了我一万块钱，后来又给了一万；写《贺龙体育馆记》，384 个字给了 3 万块润笔费，又给了 10 万块科研经费；写《雷锋纪念馆记》给了两万元，我没要，退回去了。这能要吗？雷锋是什么人啊，我写篇文章就拿两万，能行吗?！今年省里要给我盖藏书楼，在社科院里边，省委、省政府的领导在我家现场办公。要盖四层，名字就叫'光岳藏书楼'，盖好了你一定要来，我辟了十几间房子，专供外地的好朋友来玩儿时住。"虽是一组枯燥的数字，却能说明几个问题，一是老学者何光岳的勤奋，经过数年的积累，藏书达 8 万余册；二是岳阳市委尊重知识，尊重人才，给岳老的润笔费高出了人们的想象；三是体现了湖南省委、省政府对人才的重视，拨专款建光岳藏书楼。现在困扰着藏书家的最大问题就是藏书的存放问题，著名藏书家姜德明先生在向单位要求找间房子存放藏书时，曾遭到蛮横的拒绝，而湖南省委、省政府能专门为何光岳建藏书楼，真是难能可贵的。现在光岳藏书楼已建成，何老先生的藏书也已超过 10 万册，这不单是何光岳的个人藏书，也是国家的一笔财富。

《茶歇集》以书为主线贯穿始终，是我等嗜书如命之人丰盛的精神大餐，临近下班收到该书，便带回家，一口气读完。书中提到的人物我大都熟悉，读来尤为亲切。书读完了，于晓明经营的公司不景气，也找到了答案。他有时一天竟要给各地书友写几十封回信，到成都参加企业会议时却去拜访了流沙河、车辐、龚明德、冉云飞等文化名人，他的大部分精力都用在了淘书、办杂志及与书友交流上了。在市场竞争激烈，企业老总睡觉都要睁着一只眼的今天，不全神贯注地做经营，公司怎么还能够立于不败之地呢？书中的字里行间也透露出了作者些许烦恼："这几日为公司的事情着急上火，想想有些得不偿失。默默要求自己平静下来。平静下来，总会好起来的。就去天涯闲逛，发现天涯真是个藏龙卧虎之地。"（6 月 25 日日记）他在公司发生危机之时，到书话网上寻求安慰了。读完《茶歇集》，我就想，如果晓明在出版社或学术单位当编辑、做学问更适合一些，可往往在出版社或学术单位工作的人却又不安心当编辑、做学问。

在商海几经沉浮，晓明成熟了，面对人性的暴虐、自私、残酷，他都能坦然面对，他终于找到了自己的最佳位置，在北京主编着一份颇有影响的杂志。他仍然痴迷于淘书、读书，痴迷于文学创作。他说："每次震撼和感悟都会让我起笔疾书，不为别的，只想记录下自己的一点真实的感受，也是自己难得的一点感动，为日后自己的情感寻找一点慰借。震撼和感动之后，总能够找到自己心灵的归宿，能够感觉到自己的心灵又经历了一次洗礼和升华。"

2007 年元月 3 日于秋缘斋

川上纤夫

《论语》载：“子在川上曰：逝者如斯夫。”“川上”是指山东省新泰市放城镇之洙水，洙水下游名胜“小三峡”以西为春秋古道，相传为孔子“子在川上曰，逝者如斯夫”行迹处。在这个古老的乡镇生活着一位孜孜不倦的文史学者——郗笃惠。

郗笃惠是地方名人，之所以有名，不仅仅是因他从事文史研究所取得的成绩，更引人瞩目的是因为3次婚史，在小城引起轰动。作家萧乾一生经历4次婚姻，最后与小他二十几岁的文洁若结合，被传为文坛佳话。而郗笃惠在左得要命的时代不合时宜地发生婚变，自然成为人们指责的对象。20世纪60年代，小城曾发生一个“秘书告状”的故事。一位中央首长途经县城，县委高规格招待，造成了一些负面影响，郗笃惠给中央写信如实反映情况，中央把信转到省委，省委转到地委，当县委领导在会上传达地委的批评后，想追查信是谁写的，这时作为县委秘书的他正在列席会议，他当时就说，信是他写的。一言既出，众人皆惊。后来，他从县委机关下放到老家放城镇工作。从此，这位外表看似柔弱，而却是铮铮铁骨，敢爱敢恨，敢作敢为的汉子走上了一条坎坷不平的道路。

放城始建于春秋，历史悠久，文化积淀深厚，因系孔子弟子林放故里而得名，亦是明代著名的政治家、军事家，官至太师兵、刑两部尚书的萧大亨故里。回到乡镇的郗笃惠并没有消沉，在他看来只要能有个地方读书写作足矣。郗笃惠家庭负担重，生活清苦，但他会苦中作乐，从浩瀚的史料中寻找别人所体会不到的乐趣，从党史、文史资料征集工作中找到了一种精神寄托。他足迹踏遍了放城的每一个角落，走访革命家庭，整理记录先烈的革命事迹。探访考察历史遗迹，挖掘整理文化史料，勤于著述，先后出版了《历史不会忘记》、《旌旗猎猎》等书。2005年，郗笃惠在放城一座高山的悬崖峭壁上，发现了一处元代摩崖石刻。据专家考证，这是山东省目前发现的唯一一处大型元代佛教造像群，对研究元代文化历史具有重要的学术价值。中央及地方电视台到放城采访，总要郗笃惠作为地方学者介绍这一名胜。

郗笃惠的字体别具一格，字体上方左飘，自成一体。我的另一位朋友云南的马旷源教授的字与郗笃惠正好相反，上方右飘，如果把他们二人的书信放在一起欣赏，更是别有一番风味。郗笃惠外柔内刚，马旷源内外皆刚，两人都是特立独行之人。

郗笃惠的谦恭也是有名的，每次相见，他都毕恭毕敬地以师相称，作为晚辈，每每被他叫的不自在，多次给他纠正，但第二次见面却依然如故。狂妄自大者有两种人，一是身怀绝技，有真本事，另一种则是为了掩饰自己的浅薄。而谦恭者则多是有学识、有水平、有修养之人。

己丑新年刚过3日，传来郗笃惠病逝的噩耗，不禁愕然，本想节后向他约稿，没想到他却走了，走的那么匆忙，连个招呼也没打。此前，他每次进城买药都到我办公室小坐，有时送来新作，有时过来闲聊。问及他的身体，只说是腿痛，并无大碍。最后一次见他时，他还说把自己的文史文章整理了一部书稿，准备出版。不成想那次相见，竟成诀别。

郗笃惠一生婚姻坎坷，仕途多舛，但他过得很快乐，因为他实现了自己的愿望，按自己的想法活出了一个真实的自己。

“逝者如斯夫”！时光像流水，不知不觉间就会消失的无影无踪，郗笃惠的78道年轮在历史长河中也只是短暂的一瞬，但他的文史之作却会延长他生命的长度。

2009年1月30日于秋缘斋

布衣书人

在我栖居的小城有几位堪称同道的爱书人，时常一起品茗聊书，每每相聚总有收获。长者玉民兄便是其中一位。

玉民兄号布衣书人，从事教育工作，离岗后，淘书兴趣有增无减，常常呼朋引伴同去猎书。有一次，一旧书店从一家单位图书室收到一批处理旧书，他得知消息后，分别通报几个书友。我赶到时，他已经挑出了 3 编织袋，有几百册。我说，这么大的收获，你又要兴奋好几天了。他风趣地说，你嫂子又要骂几天了。他家里有 8 个书橱，占了客厅的两面墙，电视橱里，床头橱里，卧室的窗台上，阳台上……都塞满了书。家人颇为不满，但他依然我行我素，还是不断肩扛手提地往家里倒腾。

他当了大半辈子孩子王，除了爱书别无嗜好，真可谓“两耳不闻窗外事，一心只读圣贤书”。世间俗事很少过问，就连酒桌上的套路也茫然无知。他的一位同事曾讲过一个笑话，在 20 世纪 70 年代，自行车还是稀有之物。一天，玉民兄像是发现了新大陆一样，对同事说，自行车的链子怎么不管前轮呢。玉民兄为人处世非常谦恭，一副小心翼翼的样子，我不止一次的对他说，老兄，你放开点，不要那么拘谨，好不好？但他仍是老样子。我外出访友，邀他同行，因志趣相投，他欣然前往，车子风驰电掣地在高速路上行驶，我俩也天南海北地神聊。他突然尿急，遂让司机停车，请他下车路旁方便。他却连连摆手：“不行，不行，在这里我尿不出来。”司机只好继续行驶，好不容易进了一个服务区，找到卫生间后，他老兄才板板正正地打开方便之门。

玉民兄年龄虽长，但没有世故，从不掩饰自己的观点，甚是率真。有什么想法无论对错，都直接说出来，我有时笑称他是王真人。和他的一次外出，更切身体会到了他直率。己丑暮春我去宁波参加一个会议，便邀玉民兄同行游览访友。得知我去宁波的消息，在浙江省某厅任副厅长的朋友邀我顺便到杭州一游，我一直没去过杭州，欣然同意。由于火车晚点，到达杭州车站时，朋友已经等候一个多小时。上了朋友的车子，玉民兄便说："杭州人的穿着这么土气。"朋友不了解他，但我心里清楚，他认为有人间天堂之称的杭州，人们的衣饰应该如何的时尚，岂知现在不是以前相对闭塞的社会，是科技资讯发达的时代，大小城市人们的着装相差无几。一会儿，他又说："杭州的绿化还不如我们新泰。"又是惊人之语。我忙解释道："新泰在城市绿化上舍得投资，是全国园林城市。城市绿化已经超过了南方的一些城市，但和杭州还是没法相比的。"

玉民兄还有一些怪癖，到达宁波的第一天，吃过晚饭后，我便去其他房间与来自各地的师友聊天，他说："你要早点回来，我一人睡不着。"由于师友们都常年不见，一见面格外亲热，10点钟，突然想起玉民兄的嘱咐，忙与朋友们告辞。回到房间，见他已睡下。便泡了一杯茶，打开台灯准备写日记。他突然发话："你开着灯我睡不着。"心想，他年龄大了，我们一块出来，不能按我自己的习惯做事了，便关上灯，自己坐在黑夜里喝了一会儿茶，上床了。睡到半夜，他突然起来打开了空调。宁波是海滨城市，白天热，晚上凉。我说："老兄你怎么回事？白天热的时候，你怕凉不让开空调，怎么夜里却打开了空调？"他说："盖被子有点热，打开空调盖被子。"一句话让我哭笑不得。

玉民兄的书橱外形壮观，但放书少，中间隔板长，时间久了，就被书压弯了。而且书橱较宽，放一排书还余很大的空间，放两排书又找书困难，很不方便。这种书橱一般是放在办公室里宽大的写字台后面，装满崭新的大部头精装本，给领导装点门面的，真正用来藏书一点儿也不实用。

单位分了新房后，他想更换书橱。我建议他换成书架，我用的是直达房顶的书架，而且超薄，既节约空间，放书还多。但玉民兄一心想用书橱，他想给他的那些宝贝们置一个更舒适的家，以便更长久地保护藏书，完好地传给下一代。他跑遍了整个城市的家具商场，最后终于找到了一种既能多放书不至于压弯隔板，且十分美观的书橱，订了6组。还专门让我去参谋一下。我问他，嫂夫人知道吗？他说，不知道，我先斩后奏，等书橱送到家，她也没办法了。

爱书人搬家最头疼的是搬书，一只箱子数十斤，往返不知多少趟。流沙河先生乔迁新居时，别人帮忙搬书，他不让，他恐怕别人不小心损伤了藏书，70多岁的老人，全部是自己一点一点地背过去的。玉民兄也是如此，几十本打一包，一包包自己用自行车带过去，新书橱送到家后，他急于让书迁入新居，就雇了一辆三轮出租车运了几袋子书，下车时，刮伤了一本书的封面，心疼不已。出租司机不屑地说："这些破烂你不卖了，还搬过来干吗？"显然，他无法理解爱书人对书的感情。

玉民兄打电话让我去看他的新书橱。进了房间，见有4组书橱，满地是书，他正在整理。我问，怎么只有4组？他说，书橱送来后，家人都反对。孩子也说，房子是贷款买的，你不能只顾你自己呀。他只好做了妥协，退了两组。他说，我换书橱只有你最理解我了。我说，不能这样说，嫂子不理解你，这书橱能抬到楼上来吗？嫂夫人在一旁道："就是，你的书还是我背上来的呢。"他笑了笑继续整理他的藏书，看得出，尽管有些遗憾，但他还是心满意足了。

2008年11月11日夜于秋缘斋

2009年1月3日二稿

刘莌的家庭杂志

正当《读书》杂志四面楚歌之时，民办读书杂志却雨后春笋般在各地创刊，《开卷》、《芳草地》、《书人》、《清泉》、《书友》、《书简》、《泰山书院》、《书脉》……如火如荼，受到了爱书人的欢迎，全国的一些藏书大家、老作家也为民刊撰稿支持。每年一度的全国读书报刊研讨会已经连续召开了四届。这些读书报刊虽属民刊，但大都依托一个单位或组织，而新创刊的《三余书屋》却是一份家庭读书杂志，这在全国大概也属首创。在盛夏酷暑季节，《三余书屋》给人带来了一阵清新凉爽之风，杂志的主编刘莌则是一位十几岁的女孩。

刘莌是北京书友刘德水的女儿，从小跟父亲到旧书摊淘书，拜访文化老人，是一位小书痴，喜欢作文、画画。2005 年在北京，我们一帮书虫子到布衣书局淘书，她也跟着去了，我们淘书，她在一旁画速写，晚饭的时候，她拿出那幅速写让陈子善题了“陈子善淘书图”，又让文洁若签了名。后来她把“陈子善淘书图”和她写的文章《书鬼陈子善》发给了我，我看文章写得不错，在《泰山周刊》的读书版发表了。后来不断收到她的新作。

“三余书屋”是刘德水的斋名，由斋主的忘年交张中行先生题写。刘莌创办家庭杂志借用了斋名，整本杂志从约稿、编辑、设计、排版、印刷、装订到邮寄都是由刘莌一人独自完成。杂志设有“三余杂记”、“三余斋嘉宾”、“三余之余”、“三余斋之友”、“三余斋藏珍”、“三余荐读”等栏目，作者以刘氏家庭成员为主，我曾从刘莌的博客里看到了她爸爸、妈妈的博客，一家三口写博客，其乐融融，在家里简直可以成立一个小作协了。杂志的作者还有止庵、赵晓霜、冯传友、许进等读书界知名人士。“三余斋之友”栏目是刘德水写我的文章《人间自是有情痴》，此文曾在《藏书报》发表；“三余斋藏珍”栏目介绍了范用先生给刘莐的贺卡和张守义先生赠她的贺年画；在“三余荐读”栏目里，刘莐向读者推荐了《月亮和六便士》和《汪曾祺谈吃》两部书。杂志虽然只有薄薄的三十几页，但内容却是耐读。

刘莐在学习之余亦爱画画，张守义在看了她的画后评论说：“哎呀，画得真好！有自己的东西。感觉好，色彩也好！”先生对她画的《潘家园淘书图》特别欣赏：“画得这么细！透视感挺强！”

每逢过节，都能收到刘莐自制的贺卡。2006 年春节前，我同时收到了刘德水父女的邮件，刘德水在信中说：“今天中午和刘莐一起到邮局，为兄寄上了张中行先生的《诗词读写丛话》毛边本一册，以快递形式寄出，想在新年之际应能收到，为兄祝贺新春。前边的《再说几句》是当年再版前我代先生草拟的，如今先生已去近一年了，逝者如斯夫，思之怃然……刚才刘莐说已经给你发过邮件了，我说各发各的吧，你是我们家两代人的朋友！”除夕上午，邮递员把特快专递送到我的书斋。《诗词读写丛话》封面题签启功，封面绘画张守义。成为我收到的最好的新年礼物。

《三余书屋》杂志中夹着一张黄色的小纸条，上书：“阿滢叔叔指正！刘莐 2007、7”，并钤有刘莐的阳文印章，纸条的背后写着：“希望您以后多多支持三余书屋，让它和泰山书院一样好！”杂志后面的版权页印着“主编：刘莐；家庭成员：刘德水、谢平、刘莐”，附有三人的博客网址。杂志每期只印 30 册，给我一册编号第十号。家庭读书杂志《三余书屋》是秋缘斋风格独特的珍贵藏品。

《三余书屋》编完后，刘德水父女有一段有趣的对话。刘德水说：“把你带这个圈儿里，你知道别人有多羡慕？庆幸吧你！”刘莐说：“这我知道，可是我只能永远在您膝下，永远以‘刘德水女儿’的身份出现了。我还想以后让您是‘刘莌的爸爸’呢!”我想德水兄一定会以“刘莌的爸爸”感到自豪的。

2007 年 7 月 24 日夜于秋缘斋

忆老单

与老单是在一个文学创作班上认识的，老单40多岁，头稍微有些拧，似乎有一种不服输的犟劲。穿着打扮有些土气，看上去却像50开外的人了。

老单少言寡语，不苟言笑，每天晚餐我们都讲笑话，行酒令，喝得天翻地覆，然而他始终是默默地坐在那儿看大伙儿喝酒说笑，似乎他是局外人。

我们每人住一个房间，封闭式创作，休息时，我到他房间里聊天，他拿出一本《女子文学》杂志，上面发表了他的一个短篇小说，题目好像是《艾香》。他说："写了大半辈子，好不容易发表一篇还是在老娘们刊物上。"他蔫蔫的语气中似乎还有一丝炫耀。创作班上他最勤奋，整夜不睡觉地写。他拿出刚写的中篇小说让我看，看了几页实在读不下去。在创作班里我刚刚出道，也是年龄最小的，碍于面子，我也不好说什么。他像张炜长篇小说《远河远山》中的歪歪、疙娃、闲人那样日夜不停地写着，还时时被自己创造的人物感动着。他就是推石上山的西西弗斯，他坚信总有一天自己会戴上作家这一耀眼的光环。

后来听说他搞文学把自己搞成了孤家寡人，他在一家军工企业工作，下班后什么也不管，整天点灯熬油地做作家梦，家里一穷二白，妻子实在忍无可忍，和他谈判：要文学，还是要老婆孩子？他固执地选择了文学。老婆带着两个女儿走了，他仍不觉悟，似乎更加痴迷。选择写作也是一种生活方式，不论结果如何，过程充满了希望快乐，也伴有沮丧、痛苦。

创作班结束后，我们各自回到了原单位，再也没有联系。当我几乎忘记他时，他却突然来到我家里，我问他有何收获，他拿出了发表在一家文学杂志的文学创作函授教材“学员园地”上的一篇小说复印件给我。之后，又吞吞吐吐地说有件事请我帮忙，问他什么事？他嗫嚅半天才说，他单位一位女士离婚后在北京一家大学进修。他以我的名义给那位女士写了封信，说老单怎么怎么暗恋她而不好意思给她写信，问她对老单的印象如何？是否能结为秦晋之好？

老单把信交给我，让我抄写一遍。我有些为难，因为我并不认识那位女士，这样做未免唐突。可老单在一旁眼巴巴地看着我，就想，反正这不是坏事，如果他们因此结为夫妻，我岂不做了一件大好事吗？心想，老单也终于有些开窍了。我把信抄好，用我的信封写好地址，老单高高兴兴地带走了。

时隔不久，那位女士回了信，对老单的为人处事颇有微词，怕老单伤心，没让他看回信，只说没有回音。

之后，再没有他的任何消息，在文学刊物上也没有出现他的名字，他从我的记忆里渐渐地消失了。

1997 年秋天，我与一位朋友路过老单所在企业，突然想起他来，10 来年没见他，想去看看他现在怎样了。问了几个人都说不认识，难道他调走了吗？一位老工人听说我们找老单，淡淡地说：“他死好几年了。”

“怎么？他死了？”我有点不敢相信自己的耳朵，“他是怎么死的？”

老工人说：“他整天在家里写，也不知道写些啥，老婆离了婚，他自己也疯了，厂里把他送到精神病院，后来自杀了。”写作者把自己所思、所想、所悟写出来，有一种痛快淋漓的感觉，这是为心所写者，不在乎写出的文字将会如何。亦有为名所写者，根本不考虑自身素质，抛弃一切，孤注一掷地去创作，极易走入魔道，当初一些人违心地吹捧和鼓励，把老单推向了绝路。

老单把自己写死了。这狗日的文学！

2006 年 6 月 11 日晚于高孟骨伤医院八号病房病榻之上

异　友

有人打来电话说，有些旧书要处理。我和同事石灵赶了过去，见了面才知道，是一位经常在旧书摊相遇的书友，只是面熟而不知姓名。

他领我们到楼下的储藏室，几个旧纸箱里装着书，有100余册，很多书都用废旧的画报纸包着书衣，没想到他与孙犁老先生有同样的嗜好，爱用废纸把书包得花花绿绿的。由此也可以看出他是爱书的，但不知为什么要卖书。我粗粗翻看了一下，就决定全部买下来，尽管价格比平时在书摊上要高一些，有些书也无收藏价值，但如果我们不买，就可能流散，或许进入纸厂作为再生纸的原料。回来的路上我对石灵说，我们是在做抢救工作。

回到家整理了一下，发现有一些好书，有中国社科出版社出版的张中行的散文集《散简集存》，有人民文学出版社出版的姜德明的散文集《相思一片》，有山东画报出版社出版的《胡适影集》，黄裳的书有3本，江苏人民出版社出版的《金陵五记》，开明出版社出版的《旧戏新谈》和花城出版社出版的《花步集》。尽管其他书都是大路货，有这几本书收获还是很大的。

过了几天，这位书友来我的书房看书，便有了一次长谈。他熟知版本知识，对一些外国名著的翻译水平也有独到的见解。他说别人都觉得他怪，因工作关系每天都有人请客，但他从来不去，把时间都用在读书上了。他对卖给我的每一本书都说得出购于何时何地。不只别人觉得他怪，我也觉得他怪怪的。我问他："你的工资不低，又不缺钱，而且又这么爱书，为什么把自己辛辛苦苦买来的书卖掉呢?"他却说："你认为我不该卖书，我还认为你们买的不值呢。”真不明白他是什么心态。就在他处理书的同时他还在买书。我在旧书摊上看到一本卜伽丘的《十日谈》，上海译文出版社出版，品相很好，我已有藏，刚放下，他马上买了下来。

后来陆续从他那儿买了孙犁的《书林秋草》，周汝昌著《曹雪芹画传》，钟叔河编《知堂序跋》、《周作人散文精编》、《钱钟书散文》等书。还买了《中国新文学大系》中的9本，这套书是胡适、鲁迅、茅盾等人编选的中国新文学运动第一个10年（1917~1927）理论和作品的选集，赵家壁主编，上海良友图书公司于1935~1936年间出版，共10集，由蔡元培作总序，编选人作导言。上海文艺出版社1980年10月据原书影印了10000多套。缺第二集，郑振铎选编的《文学论争集》。他有《莎士比亚全集》零本，石灵也有零本想买回去配套，一开始，他舍不得卖，后来再三劝说下，才勉强同意。

他是那么喜欢书，不停地买书，书看过之后，又要卖掉。我说，清代的陆源乘船外出，随身带了好多书，在船上边走边读，读完一本就随手丢到河里，到达目的地，他的书也丢没了。船家不解，他说，书已读完，记在心里，还留书干吗？你是不是也学陆源，书看完也不再保存了？他笑笑没作回答。

时隔半月，他来到我的办公室，向石灵要回那几本《莎士比亚全集》，他说，卖了那几本书后，就日思夜想，想再买回去，多少钱都行。石灵也正好凑齐了一套，怎么能再拆散呢？石灵说家里有4本精装的《莎士比亚全集》送给他。他却只要自己卖的那几本。我说：“你既然已经卖了就不要再要了。古人有‘借书一痴，还书一痴’之说，现在我们买书也是一痴，你再来索书更是一痴了。”我们答应再给他凑一套《莎士比亚全集》送给他，他才怏怏不快地去了。

他妻子在外地工作，他不交友，不参加任何聚会，读书是他唯一嗜好。一次，他带给我一本骆宾基的《初春集》。他说《初春集》里有几篇写萧红的文章，都提到和萧红同居后又抛弃了萧红的T君，有时还称之为

“手持小竹棍的人”，但不知这人是谁，他让我查阅资料后，写一篇书话。他对书话感兴趣，却是述而不作。

后来，他常找我借书。爱书人藏书一般不外借，据说有人在书架上贴上“书与老婆概不外借”的字条。他借书，不好拒绝，况且每次来时也带几本书，说是送给我的。可他借去的书却不归还，向他要，他说：“我们不是交换的吗？我也给你带书去了。”我说：“即使你想换书也要说明，经过我的同意，我不可能把我喜欢的书和你交换。”而且他从我处拿去的书好多是从他家买来的，想想觉得有点可笑。

他再次到我家时说：“以后我从你这儿拿书，经过你的同意再交换。”我郑重地告诉他：“我的书不外借。你是读书人，可以借给你，但读后必须还我。我不像你，书就像自己的孩子，是不可以随意与人交换、让人带走的。”结果他又借走了4本书，其中的3本是我从他家买来的。我对他说：“你卖了又要来借，来回倒腾着玩呀。”拿走之后，再也没见他拿回来。

他看我从网上买了不少书，就让我从网上为他订了一套上海书店出版的《黄裳文集》，收到书后，见书相十品，他很高兴。过了几天，他又来找我，带着《黄裳文集》其中的一本和另一本精装书。他说《黄裳文集》中有瑕疵，我翻看一下，见其中的一页有装订时留下的一道皱褶，并不影响阅读。他知道我有一套《黄裳文集》，想与我交换，并用那本精装书作为补偿。我问他：“书里有皱褶是很正常的事，本来没什么。你看着心里不舒服，你把不舒服转嫁给我，难道我心里就舒服吗？”真是让人哭笑不得。

他住城东，我住城西，一天晚上，快11点钟，他来敲门，我问他有什么事？他拿出一本书说：“曹聚仁的《万里行记》我还没看，给你这本曹聚仁的《北行小语》换一下。”下午，从他那儿买了些书，其中有本曹聚仁的《北行小语》，我想要，他不给，现在又跑来交换。我问他：“你明天再换不行吗？干吗这么晚了还要来换书？”他说：“我今天想看。”他到我的书房看书，我还是忍不住，再次问他："你这么爱书，为什么又要不断地转让书呢？既然转让出去了，又觉得心疼，你何苦呢？"他自己也说不出个所以然来。走时，又借了一本《契诃夫戏剧选》，看见书架上有本《梁实秋散文》第二集有复本，又说："这本重复了，你留着还是给我？"我说："送给你吧！"他满意地带上书走了。

2008 年 1 月 5 日于《泰山周刊》编辑部

情重锦官城

最早知道成都，是在儿时读了杜甫的《春夜喜雨》之后，其中尾联“晓看红湿处，花重锦官城。”使我对成都有了一种神秘的向往之情。真正与成都亲密接触是在 20 世纪 90 年代。当时，我下海经商，做图书生意，与成都的不少书商都有联系。那时，二渠道图书发行非常活跃，成都书商做得特别的火。很多书局不但出版图书、杂志，有时还出版一些赔钱的学术著作。他们说，做生意不能只为了赚钱。有家书店从日本买了卡通书的版权，在中国出版，出书量竟然超过一家出版社。全国的图书订货会在成都召开，成都的书商每人拿出 10000 元钱，用来招待各地前往参加订货会的朋友。与成都书商打了几年的交道，给我的感觉，成都人大气。

10 年之后，再次与成都接触，不是书商，而是书人。原来我只是一个埋头读书、独往独来的苦行僧，是龚明德先生把我带入了一个新的天地，他对我主持的一家地方报纸的读书版细加指导，撰稿支持，并积极向读书界推荐。龚明德先生有段话对我影响很大，记忆也最深刻，他说：“我渴望做战士，为捍卫包括我自己在内的弱势群体而呐喊。如果这样的机会还不成熟，我乐意躲在书斋，读者会从我的文字中发现我的不亚于做战士的价值的。”龚明德先生就是一位斗士，他爱较真儿，他的斋名“六场绝缘斋”本身就是在与世俗较真儿。已过知天命之年的他，还毅然跳槽，离开工作了 25 年的出版社，到一所高校带研究生做学问去了。跳槽并不是不喜欢自己的工作，而是在特定的环境里无法更好地发挥自己。他做编辑从不去迎合大众口味，而是专做一些为小众服务的，有益于文化传承的工作。龚明德先生说：“一个文化人如果不在文化上显示自己的富有和高贵，那正好上了世俗的当，步入庸常一途了。”龚明德先生是位“不合时宜”的性情中人。

在龚明德先生的引导下，我先后结识了流沙河、车辐、张放等成都的作家、学者。流沙河先生为我主持的报纸读书专栏“泰山书院”题写刊名后，为报纸增添了亮色。他在一次接受记者采访时说：“这四个字写得稳当，我自己就是从刊物上剪下来保存的。”当我的《秋缘斋书事》将要付梓时，请流沙河先生题签，很快就收到了他寄来的繁简两种字体的题签。他一直在关注着“泰山书院”，在他的文章中也几次提到这份报纸。

车辐先生在二战时期就是非常活跃的名记者。乙酉年秋，他给我来信说：“老夫现年九十又二。几年前患脑溢血，导致左瘫痪，成了半残疾人了，靠轮椅出行，又于前年患脑梗阻，语言也发生阻碍，总之不得安宁。所幸天道酬勤，得病以来从未断笔，兴之所致，也写上几笔，遣兴耳。更多的时间是看书，易疲乏，岁月不饶人。”他寄来一张名片，正面有先生头像，背面有一方印：“不可救药的老天真”。他用笔作了注释：流沙河为我起的外号。车辐先生期颐之年仍笔耕不辍，并在我所主持的报纸上开设了专栏。

与张放教授联系了几次均无回音，原来他去韩国访学了。回国后马上发来邮件邀我到成都与朋友约集品茗。张放教授在谈到叶灵凤时说：“一个人这样孜孜不倦地与书为友一生，吃的是书，吐的是书，纵真的变成条‘书鱼’，也于生无憾，于世无羞了。”张放教授本身就是孜孜不倦地与书为友的“书鱼”。

因为与成都名士的交往，继而喜欢上了成都，遂密切注意与成都相关的信息，了解成都人闲适的生活方式。不时地想象着，哪一天去成都，跟龚明德先生到草堂寺淘书；去大慈寺茶馆听流沙河先生摆龙门阵；到叹凤楼向张放教授请教新文学版本知识；去反动居与冉云飞品茗聊书……

每当在电视上看到成都的镜头，我就想起，在成都有我的师友龚明德、流沙河、张放、冉云飞……心里便充满了温暖。

锦官城啊，你让我魂牵梦萦……

2008 年 5 月 8 日夜于秋缘斋

第四辑

书林漫步

那一树藤萝花

曾衍东与《小豆棚》

曾衍东，生于清乾隆十五年（1750 年），字青瞻，一字七如，号七如居士、七道士。为曾子第 67 代孙，清乾隆壬子举人。据嘉祥《曾氏祖谱》记载，其祖上在明代嘉靖十八年被封为翰林院五经博士，并从此世袭爵位。曾衍东的父亲，名尚渭，是个恩贡生，游宦江南，曾官居广东博罗县令。曾衍东自幼随父游走南北，这种童年的经历，奠定了其开阔的胸襟，同时也开启他坎坷飘荡的一生。仕途坎坷，直至 50 岁迟暮之年由人举荐，任湖北江夏县令，后调任巴东县令。曾衍东个性清高、倔强。他曾在《日长随笔》写道："人所不能做的，我偏要做去，人所不能减的，我偏要减去。"这种性格在中国官场的遭遇是可想而知的。63 岁那年，因断案而触怒巡抚，而他坚持"此官可去案不移"，终被降罪罢官，流放温州。

曾衍东携家小流放温州后，先住在同姓旧宦曾儒璋后人曾立亭的家中，曾立亭居温州郡西，其宅名"依绿园"。他念同姓之谊，款接曾衍东居园之"入画楼"。第二年，曾衍东在园边宝庵桥附近一大榕树下自建房屋。这里面向九山湖，湖光山色正好。于是他把自己的居所命名"小西湖"，他在门上写了一幅对联："挂冠自昔曾骑虎，闭户于今好画龙"。

屡遭磨难，流放温州的曾衍东心境黯然："……直住得意懒心灰，了无生趣。最是没饭吃，乃一桩要紧事。家中大口小口，哑哑待哺，温州又特死煞，道士困穷，拙于谋生，不得已，只好涂涂抹抹，溷人眼目，画几张没家数的画，写几个奇而怪的字，换些铜钱，苦渡日子”（《古榕杂缀·小引》）。

曾衍东博学多才，“工诗及书画，笔墨狂放，大致以奇怪取胜。镌图章，摩古出奇。”有诗曰：“风扇扇风扇在空，扇风风出扇之中；有风不扇无风扇，不扇无风扇有风。”《药堂语录（周作人自编文集）》中有《曾衍东诗》一文。曾衍东曾画一幅“敬惜字纸”的条屏，上方题诗云：“惜字当从敬字生，敬心不笃惜难成；可知因敬方成惜，岂是寻常爱惜情。”他是一位颇有造诣的书画家，按说以字画糊口应该不成问题，但他又是个狂放奇才，“人索我画，我却不画；人不索画，我偏要画”。有一巨贾特来买画，甚倨傲，立竣拒。

从他的作品中可以看出晚年生活的凄苦：“苦的是老来穷，万里孤苦，愁的是亡命囚徒东海鳏。无生路，穿也无衫，食也无餐，断发文身，尽消磨瓯越荆蛮。”（《古榕杂缀·折桂令》）嘉庆二十五年（1820年）八月遇赦，年已70，贫老而不能归，于道光十年（1830年），终客死于永嘉。

曾衍东著有《武城古器图说》、《哑然集》一帙、《小豆棚》16卷，还有诗集《哑然诗句》、《古榕杂缀》、《七道士诗抄》，杂记《日长随笔》等存世。

《小豆棚》是曾衍东最重要的著作，为文言短篇小说，其内容涉及忠臣烈妇、文人侠士、仙狐鬼魅、奇珍异闻、善恶报应等。豆棚瓜架，历来是人们避暑消闲、谈古论今之所，所以古人常以“豆棚”名其闲书。曾衍东的《小豆棚》，原为8卷，近似于《聊斋志异》，后人评价此书“在清人笔记小说中尚属佳构”（《说苑珍闻》）。在艺术上，《小豆棚》叙事婉曲，往往腾挪跌宕，妙趣横生；语言简洁，却能穷形尽相，神态毕现，文学成就还是很高的。清末民初伪书风行，表现在文言小说领域尤烈。民国间《小豆棚》曾以《聊斋补遗》之名翻印。

曾衍东在《〈小豆棚〉序》中说："《小豆棚》，闲书也；我，忙人也。作此等书，必其人闲、其所遭之时闲、其所处之境闲，而后能以闲心情为闲笔墨。我为秀才忙举业，为穷汉、为幕、为客忙衣食，哪得工夫闲暇，作一部10余万言的闲书？即偶有闲时候、闲境地，又焉能忙里偷闲，向百忙中草草干这闲事！然则我何以有是书？我问之我，我亦不解。我平日好听人讲些闲话；或于行旅时见山川古迹、人事怪异，忙中记取；又或于一二野史家抄本蛤录，亦无不于忙中翻弄。且当车马倥偬，儿女嘈杂之下，信笔直书。无论忙之极忙，转觉闲而且闲。盖能用忙中之闲，而闲乃自忙中化出；无他，贵心闲耳。心一闲，则无往不得其闲。将所有诸般贪、嗔、爱、恶、欲，种种不可思议，而我心闲闲，不与之逐而与之适；把那些闲情、闲话、闲事、闲人，竟成一部闲书于我这忙人之手。"

在《小豆棚》卷十六有杂剧《述意》一折，即曾衍东自演其家事。剧中写山东一儒生，性情落拓狂放，平生与琴、棋、书、画、诗、酒、花为伴，故自号"七如居士"。但居士久未发达，家徒四壁，穷困潦倒，囊中羞涩，便四处游历。后因天气炎热，居家消夏。此剧一开始写剧场布景：场上设豆棚一架，满开豆花。陈几案笔砚瓶麈。中悬"雨丝草堂桂馥书屋"匾额，两旁挂"白昼饶人听说鬼，青天扯淡坐浓阴"对联。儒生在豆棚下批阅自己的新作《小豆棚》数卷，其妻妾携儿女至跟前凑趣，儒生见"妻贤妾淑，儿大女娇，八口清贫，一家欢聚"，便甚感欣慰自足，遂将书中的古今典故，历述一番。

在曾衍东去世50年后，即光绪六年（1880年），上海申报馆出版了《小豆棚》16卷本（203篇，一部一函6册全套）；中华民国二十四年（1935年），上海大达图书供应社出版了标点排印本，其编排体例同光绪本。1989年中州古籍出版社出版了杜贵晨校注《小豆棚（校注）》本（16卷，209篇）；1989年荆楚书社出版了南山点校《小豆棚》本；1986年浙江古籍出版社出版了徐正伦、陈铭选注《小豆棚选》本；2004年齐鲁书社出版了盛伟点校《小豆棚》本等。

2007年3月2日于秋缘斋

胡山源和《文坛管窥》

胡山源的名字稍有耳闻，只知道他是上海“孤岛”时期的作家，对于他的人生经历和创作成就不甚了解。读了陈梦熊先生寄赠的《文坛管窥》一书，胡山源的形象在我脑海里才鲜活起来。

胡山源1897年出生于江苏省江阴县，幼年父亲去世，伯父把他送进一家教会学校读书，后进入杭州之江大学深造。他毕业后进入世界书局编译所工作，一天到晚校订字典和辞典，虽然不能把所看的内容都记牢，却增加了他对英文的理解能力，以及将所看到的用适当的中文表达出来，使他的英文水平突飞猛进。这个时期，他先后翻译出版了《莎士比亚评传》、《黑奴成功传》、《杰作的人生》、《早恋》等作品。同时在上海《时事新报》副刊、《时报·余兴》、《申报·自由谈》等报刊发表小说、随笔等作品。

1923年，文学研究会与创造社在文艺观上发生了不同意见的争执，文学研究会在《小说月报》上提倡写实主义，创造社在《创造》上提倡新浪漫主义，两个文学社团为此打起笔仗。对文学社团之间的论争，胡山源不以为然，他与朋友成立了弥洒文学社，出版《弥洒》月刊，弥洒文学的宗旨是：只发表一时的灵感，不宣传文学上什么主义，只发表作品，不发表批评。

《弥洒》的创刊引起了鲁迅、周作人、茅盾等大家的注意。鲁迅在选编《中国新文学大系·小说二集》时收入了胡山源的小说《睡》，鲁迅先生在《导言》中写道：

“上海却还有着为人生的文学的一群，不过也崛起了为文学的文学的

一群。这里应该提起的，是弥洒社。它在 1923 年 3 月出版的《弥洒》（Musai）上，由胡山源作的《宣言》告诉我们说——我们乃是艺文之神……

“到 4 月出版的第二期，第一页上便分明的标出了这是‘无目的无艺术观不讨论不批评而只是发表顺灵感所创造的文艺作品的月刊’，即是一个脱俗的文艺团体的刊物。”鲁迅先生还特别提到胡山源：“从中最特殊的是胡山源，他的一篇《睡》，是实践宣言，笼罩全群的佳作。”

周作人说：“《弥洒》创刊于 1923 年 3 月，卷首声明是‘无目的无艺术观不讨论不批评而只是发表顺灵感所创造的文艺作品的月刊’……‘弥洒’所掌管的实在是学艺。”

胡山源说自己一生只干过 3 件事：教书，编辑，写文章。他从 20 年代步入文坛，从小学代课教师到多座大学的教授，最后是从上海师院（今上海师范大学）退休。他先后主编过《弥洒》、《申报·自由谈》和《红茶》月刊。

回归故里后，他每天除了散步就是写作，在续写长篇小说的同时还写一些回忆随笔。他在《文坛管窥·自序》中写道：“我认识交往过各种各样的文人，我想就我所知，为他们存一个照，留下个纪念，虽然一鳞半爪，合起来也许能从中约略窥见时代的影子。于是有空而有兴时，便写上一些，久而久之，居然成帙。我总其名称为《文坛管窥》。”

《文坛管窥》记述了与他一生中相识交往过的叶圣陶、赵景深、阿英、施蛰存、郁达夫、茅盾、郑振铎、徐志摩、邵洵美、张闻天、陈伯吹、周瘦鹃、沈从文、曹聚仁、俞平伯、林语堂等几百位文人。有的篇幅洋洋洒洒数千言，有些只是撷取了一个小的片段，行文没有任何忌讳，胡山源说：“凡是‘褒’的，我非有意阿谀奉承，凡是‘贬’的，也不是我有意曲解附会，故入人罪。”

胡山源与赵景深交往颇深。胡山源创办《弥洒》月刊时，赵景深曾投过一篇稿子，后因月刊停办，未能刊出，这是他们的初次交往。赵景深藏书多，胡山源经常到赵家借书，胡山源在写《明季义民别传》时，听说阿英有一部《明遗民传》，当时，胡山源与阿英不认识，便请赵景深介绍去借了过来。赵景深是昆曲专家，而胡山源夫妇也是昆曲迷，他们还一起组织成立了“昆曲研习社”。

胡山源认识的文人多，但他不善应酬。一次他去拜访徐志摩，见了面就滔滔地讲了许多话，表示了对徐志摩的敬仰，到了后来却不知讲什么好了，便沉默了下来。徐志摩对他说：“此后不妨时常见见，我自己有车子，不论何处都可以到。”可胡山源一次也没邀请过他。两年后，胡山源请徐志摩把他的短篇小说集《虹》介绍给中华书局，徐志摩正在为该局主编《新文艺丛书》，徐志摩给他办到了，此后再也没有往来。

胡山源向《新月》杂志投了一篇短篇小说《唱随》，小说发表后，收到了十几元的稿费。胡山源和《新月》主持人之一邵洵美都属于唯美派作家，收到稿费后，便想请邵洵美吃饭，并请了一个同事作陪，但他不懂请客吃饭之事，客人到了有些意外，房间里只有冷冷清清的三个人，也没有点菜，邵洵美很快谅解了不善交际的胡山源，态度也就随便了。

除了与文人们正常的文字交往外，胡山源从不主动地攀附名人。有人见了鲁迅写的《中国新文学大系·小说二集》的《导言》，就对胡山源说：“不妨和他往来往来，最好去见见他，或者与他通通信。”胡山源说：“他作他的评论，我写我的创作，各行其事就是，没有与他往来的必要。”胡山源发表在1980年第二期《新文学史料》杂志上的《弥洒社的经过》一文中提到这事时，解释说：“我这话，不免有特立独行，崖岸自高的嫌疑。其实我生平最怕出去找人，借此藏我不会应付人之拙，并不是无视鲁迅。”就这样胡山源始终没有与鲁迅有过直接的往来，这是非常遗憾的。

胡山源和阿英曾打过一次笔仗。1931~1937年，胡山源在世界书局工作，他见《大晚报》副刊上，登载着阿英的旧体七言绝句诗，在平仄押韵上有些不妥，就写了一篇评论，投到了该报，意思是说：新文学家最好不发表旧体诗，因为如果旧体诗做得好，旧文学家一定要说，到底旧文学的价值比新文学高，所以连新文学家也写起旧体诗来了，这将妨碍新文学的进步。如果旧体诗做得不好，旧文学家一定又要说，毕竟旧文学的程度高，新文学家要学也学不像，这更损害了新文学的发展。这篇文章《大晚报》登出后，阿英写了反驳文章，胡山源再写一篇，被副刊编辑退了回来，并附信说，这种辩论，还是不要发展下去吧。

在写到郁达夫时，胡山源记录了一段趣事。郁达夫应广州中山大学之聘，前去教书，到校之后，并不引起师生的注意，他觉得沉闷乏味。有个男学生，是校中出名的美少年，有许多人都想亲近他。有一天，大家午睡的时候，郁达夫将他的破皮鞋，和那学生床下的漂亮皮鞋放在一处，帐门下看，那学生睡在床上，根本不知道发生了什么事。郁达夫的破皮鞋大家都认识，这一来，轰动了全校，都议论纷纷地说：郁达夫和这个同学睡了！此后，郁达夫所到之处，都有人对他指指点点，窃窃私语。郁达夫大为高兴，对朋友说：成功了，引起大家的注意了！这种轶事在郁达夫的研究文章里是看不到的。

胡山源在创作长篇小说的间隙里，于1973年开始撰写《文坛管窥》，到1985年封笔，凡12年，记下了他一生相识的几百个文人，并自拟了一个副题“和我有过往来的文人”。《文坛管窥》手稿共6卷，计40余万字，写在正方形纸上，用手稔纸线装订。每卷都贴上不少附条，是他随时发现了某人的新材料后再写的补充文字。

1986年胡山源把手稿交给南京大学杨郁保管整理，杨郁又找了几位助手抄写、整理、校正了这部书稿，并经胡山源同意删去了一些不是文人或内容单薄的条目。本来有家出版社答应出版，但中途变卦。直到2000年9

月才由陈梦熊和傅璧园先生向上海古籍出版社推荐，出版了这部作品。

胡山源于1988年元旦去世，他的一生著作等身，著译计有1000余万字，如此丰硕成果，在中国新文学作家队伍中也属少见。

2006年7月4日于银河社区秋缘斋

路大荒与《蒲松龄年谱》

蒲松龄（1640~1715）去世后，世间除了各种版本的《聊斋志异》问世外，还刊刻了大量的蒲松龄遗作，像《聊斋先生遗集》、《聊斋词集》、《聊斋志异逸稿》、《聊斋白话韵文》、《聊斋志异未刊稿》等等。

1936年，上海世界书局出版了《聊斋全集》，全书分四册，除了通行本431篇《聊斋志异》外，还收录了其他文集、诗集、词集、杂著、戏曲和年谱，共计60余万字。《聊斋全集》的编者路大荒（1895~1972）是蒲松龄的同邑人，原名路鸿藻，曾用名路爱范，字笠生，号大荒山人、大荒堂主人等。世居山东淄川北关外的菜园庄，与蒲松龄的蒲家庄相距只有8里路，是研究蒲松龄及其著作的专家。解放前，曾任山东省图书馆特藏部主任，1948年，济南解放后，被任命为山东省图书馆副馆长。“文革”中，被迫害致死。学者梁漱溟为路大荒题写墓志铭：“盛德丕显，有功不矜；高风亮节，报效国恩。得时则驾，日月胸襟；半生贫贱，一代闻人。留仙知己，永垂竹帛。”

20世纪30年代初，路大荒便陆续在上海《申报》、《国闻周报》、天津《大公报》等报刊上发表研究蒲松龄的文章。1935年，日本东京文求堂出版了他注释的《聊斋志异外书磨难曲》。1936年，上海世界书局出版了他搜集整理的《聊斋全集》，系蒲松龄著作出版史上第一次规模大、内容多的版本。路大荒撰述的《蒲松龄年谱》（原名《蒲柳泉先生年谱》）初稿于1931年，定稿于1935年。《聊斋全集》出版时便收入其中。

路大荒是中国收集占有蒲松龄手稿最多的一位学者。他幼年在邻家的私塾求学，这家主人藏书颇丰，其中有不少《聊斋志异》抄本和蒲松龄诗集手稿本，路大荒初步获得了蒲松龄著作的版本知识，从此以后，他留心收集，四处奔走借阅，遇到相关的内容就随手抄录，较比同异，开始了初步的蒲松龄研究。

当年搞蒲松龄研究并不容易，首先要有研究的资料，而大部分资料在蒲氏后人手中秘不示人，他为了见到蒲松龄的轶文轶诗，千方百计接近蒲氏后人，为了表达对蒲松龄的尊重，有时候还要跟随蒲氏后人给他们的先祖上坟。精诚所至，人家才肯把先人遗物拿给他看。

路大荒曾经就蒲松龄研究与胡适进行过切磋，他纠正了胡适把《醒世姻缘》列为蒲松龄著作的错误考证。有一次，胡适请他把《柳泉先生墓表》拓印一份寄给他，最后发表在《益世报》上。胡适在跋文中写道："此碑的拓本每行底下缺 4 个字，大概是埋在泥土中了，所以我请他把泥土挖开，再拓一份，正当 12 月寒冷的天气，蜡墨都不能用，往返 4 次，才勉强拓成。他的热心使我们今天得读全文，得知蒲松龄的事实，得解决许多校勘和考据的疑难，这是我最感激的。"

1937 年 12 月，日本人攻陷淄川城，得知路大荒有蒲松龄手稿，日本人到他的家中进行搜查，路大荒得到消息后，背负着聊斋手稿躲藏到了深山中。日本人一无所获，便放火烧掉了他家的房屋，聊斋手稿却得以保全。

1962 年，路大荒又整理了 123 万字的《蒲松龄集》，由上海中华书局出版发行，其中又对《蒲松龄年谱》做了进一步的修订。

路大荒终生致力于蒲松龄先生著述的收集和研究，他考证了蒲松龄的生卒年月，主持整修了蒲松龄故居，还收集了蒲氏的众多文稿和手迹。他的研究成果在国际上也有很大的影响，捷克斯洛伐克汉学家雅洛斯拉夫·普实克院士的论文《蒲松龄聊斋志异最初定稿时间的探讨》中所引用的材料，70%以上是引用路大荒的《蒲松龄年谱》，他说："路大荒用惊人的热忱和不屈不挠的努力，对蒲松龄的全部生活和作品，进行了搜集和注释工作。"日本学者天野原之助的《清·蒲松龄〈农桑经〉考》一书，是以

《蒲松龄集》为底本写成的。天野称路大荒是“当今研究蒲氏著作的第一位，应给予十二分的评价。”

为了纪念路大荒在蒲松龄研究方面的贡献，1980 年 8 月，齐鲁书社把他所编的《蒲松龄集》中的《年谱》抽出来出版了《蒲松龄年谱》单行本，并将他的次子路士湘在他去世后替他整理的《蒲松龄年谱补遗》附后，作为史料的增补。沈雁冰题写了书名，封面的白描像是尹瘦石所画。《蒲松龄年谱》32 开本，6 印张，119 千字，4 插页，印数 8000 册。正文前有公元 1713 年蒲松龄的第四个儿子蒲筠特请江南画家朱湘鳞为蒲松龄作的肖像画，上面有他自己的题句：“尔貌则寝，尔躯则修。行年七十有四，此两万五千日，所成何事？而忽已白头。奕世对尔孙子，亦孔之羞。康熙癸巳自题。”又题：“癸巳九月，筠嘱江南朱湘鳞为余肖像，作世俗装，实非本意，恐为百世后所怪笑也。松龄又志。”

2003 年 6 月 26 日于秋缘斋

吕剑自印《半分园吟草》

因为各地师友的厚爱，秋缘斋一直书香不断，不论挂在办公室楼下的信箱还是电子信箱，每日都有各地发来的包裹、信札、电邮，打开实体信箱和虚拟信箱时的心情是兴奋的，充满了期待。师友赠书时往往先发来一封电子邮件，告知书已寄出，然后，就是漫长的等待了，长沙书人吴昕孺说："等书，其实是天底下最美的事，比等人美。"这种等待既高兴又担心还夹杂着焦虑。高兴的是又有新书可以一睹为快，担心的是新书在邮途丢失，发生这种事已是司空见惯，等待时间长了就有些焦躁不安了。

己丑新春，杭州子张兄发来邮件说，给我寄来了吕剑先生的《半分园吟草》，他说："此书剑翁曾题赠我一部，此部为剑翁亲自'改正本'，转赠阿滢兄收藏，我想剑翁会高兴的。"

吕剑先生原籍山东莱芜，与我邻县，他原名王聘至，别名一剑、原白。1919 年 9 月 2 日出生。抗日战争爆发后，即流转鄂、川、滇等地，后来又到香港，主要从事文艺和新闻工作。1938 年，开始创作诗歌，先后担任《扫荡报》、《华商报》副刊主编、《人民文学》编辑部主任、《诗刊》编委等，1962 年任《中国文学》英文版编辑。出版有《草芽》、《溪流集》、《吕剑诗集》、《吕剑的诗》等多部作品集。

2007 年 4 月，《开卷》主事人董宁文兄策划的开卷文丛第三辑由湖南教育出版社出版，一套 10 册，其中就有剑翁的《燕石集》。该书出版不久，上海书友袁继宏兄就寄赠一套，从而得以拜读剑翁大著。

经过半月漫长的等待，一个周末的午后，子张兄的邮件终于抵达秋缘斋的案头，拆开信封，内面还套着一个小信封，是剑翁亲笔书写寄给子张的原封，地址后面写一吕字。小心翼翼地打开，一部精致的线装书跃入眼帘，封面用布纹纸仿绢面印制，正文用宣纸印刷。扉页有剑翁题跋："子张 晓霞惠正 吕剑"，钤"吕剑"白文印章和"一剑"朱文印章各一枚，下方另有子张兄题跋："剑翁此集转赠阿滢藏家 子张 己丑春日"，钤"子张"白文印章。扉页后是剑翁在书房图片、剑翁夫妻合影及剑翁手迹。

这是一部自印本，扉页有"一剑阁印"字样，没有出版日期，剑翁所作《前言》日期为2004年4月，据子张兄说，该书剑翁编成多年，至2008年底才付梓出版。问该书印数，子张兄说："具体印数我也不知道，大概几百册吧。"

剑翁是新诗作者，自1938年他与风磨、鲁丁三人在宜昌自费出版合集《进入阵地》以来，所出诗集均为新诗，写古体诗只是偶尔为之。这部《半分园吟草》为古体诗集，剑翁在《前言》中说："此集初名《涓埃集》，因参与王以铸、聂绀弩等9人诗词合集《倾盖集》的出版，曾易名为《青萍结绿轩诗存》。在这之后，又陆续写了一些。兹将30年来之作，略加检点，共得180余首。各诗难于按照写作年月排列。今勉强辑为一集，命之曰《半分园吟草》。"

子张兄说该书为剑翁亲自"改正本"，仔细翻阅，发现剑翁用圆珠笔改正了4个错字，另在附录的《〈涓埃集〉代序》中删掉了"补我浅薄"之语。

现在出版社进入市场化运营，有好多有价值的书稿因市场原因不能正常出版，采取自印本的方式印行也是一个很好的路子，这样可以把一些有价值的文稿完整地保存下来，而不致湮没。《半分园吟草》线装本在编排、用纸、印刷、装订都很讲究，既可赏读，又可收藏。这种书印数少，只在亲朋中流传，因而更具收藏价值。

2009 年 3 月 7 日于秋缘斋

周海婴的《镜匣人间》

春节刚过，就收到一个沉甸甸的包裹，北京周海婴先生寄来了他的新书《镜匣人间——周海婴80摄影集》，周令飞主编，吴冠中题签。周海婴先生在扉页题跋："阿滢惠存 周海婴2009年春节赠。"

前几年曾受赠其《鲁迅与我七十年》，但对于先生的摄影作品，却是第一次见到。说起对摄影的爱好，周海婴先生说："我出生后100天就被父亲抱到上海的知名照相馆拍了照片，成长的每一步几乎都有照片记录，并且每一张照片上面都有父母亲的题字，父亲去世以后就由母亲来题写。可以说，自儿时开始，我的潜意识里对照相就不陌生，甚至有莫名的新奇和亲切感。"

周海婴第一次拍摄照片是在1936年秋末，鲁迅病逝后，许广平的健康状况很不好，在朋友的劝说下到杭州休养，在杭州一位阿姨有一只黑色小型相机，不时地拍些风景。周海婴对相机感到好奇，拿过阿姨的相机拍了几幅图片，这年周海婴8岁。1943年11月他正式开始学习摄影；1944年11月拥有第一部照相机，母亲许广平在他初学摄影的相簿上题写了"雪痕鸿爪"、"大地蹄痕"，以鼓励他摄影创作。70多年来，周海婴先生共拍摄照片两万余张。2008年正逢先生80大寿，他用了一年的时间整理全部图片的底片，精选出200余幅结集出版。

《镜匣人间》一书分4篇："黑白篇1943～1950"、"黑白篇1950～1966"、"黑白篇1966～1982"和"彩色篇1954～2008"。书中的自序及内文图片说明分别使用了繁体中文、英文和日文3种文字。均为纪实图片，以人物摄影为主，风景图片只有黄山小径、绍兴乡景和万里长城几幅。图片中市井生活、社情民意、婚丧习俗等都有所涉及。有揭示解放前社会黑暗的《难民》系列图片；有熟食小贩、修鞋匠、修锁匠、胭脂摊、冰糖葫芦等反映平民生活的图片；有回民葬礼、结婚、包粽子等民俗类图片；有上海二·六轰炸、沈阳农村土改、民主人士讨论新政协召开、鲁迅墓迁址、解放军进入北京城、上海淮海路发大水、清明祭总理等记录历史事件的图片；也有巴金、萧军、吴若安、郑振铎等许多文化影像的纪录。1948年，李济深、沈钧儒等各个民主党派领导接到毛泽东电报，在香港地下党布置下，分途北上，参加新政协会议。周海婴和母亲许广平与多位爱国民主人士搭乘“华中轮”海船，从香港离岸，在轮船上周海婴为郭沫若、侯外庐、沈志远等人拍摄了照片。当时，民主人士从香港前往东北解放区的事情对外严格保密，没有摄影记者跟随，这一组共和国成立前夕独一无二弥足珍贵的照片，填补了新政协档案的空白，成为见证历史的孤本。1948年12月在沈阳铁路宾馆拍摄的民主党派的讨论学习会场，及1949年1月在沈阳拍摄的李济深、沈钧儒和李富春等人的照片都异常珍贵。

书中收入许多周海婴家人的照片，有许广平访问周家老人、上海鲁迅纪念馆、鲁迅外婆家及许广平和家人的合影等等。其三叔周建人及家人的图片也有十几幅。书中没有关于周作人的图片，也没有鲁迅原来的居住地八道湾11号的图片，估计周海婴也从来没有为周作人拍过图片。当年，周氏兄弟失和，鲁迅被迫搬出八道湾故居，一直是周氏家人心中挥之不去的阴影。

“文革”10年间的图片只有十几幅，而记录文革事件的图片一幅也没有，不知是这10年间没有拍摄，还是有意避开。

周海婴之子周令飞在编后记中说：“我的父亲遵从祖父（鲁迅）的叮嘱不做‘空头文学家’，但他却用自己的审美观和摄影镜匣，写下了他对这个世界的感受和认知。”由于周海婴的特殊身份，他拍到了很多一般记者所无法拍摄的照片，不但有审美价值，更具史料价值。周先生在经意不经意间为人们留下了一幅幅珍贵的、鲜活的、有生命力的瞬间。

2009 年 2 月 5 日，立春后一日于秋缘斋

圆性法师的《风》和《镜子》

圆性法师是韩国正在走红的僧侣画家，以绘画童僧而闻名于韩国。俗名赵玄一，1972 年生，17 岁时为母亲还愿而出家。上过海印学院，毕业于韩国中央僧侣大学。1995 年，开始创作以童僧为主题的绘画作品。擅长表达童僧天真无邪的表情、清澈透明的瞳孔和灿烂的笑容。他先后在美国、日本、米兰、上海等国家和地区举办过 20 多次个人画展。

1999 年，圆性法师在韩国出版了第一本诗文禅画集《风》，收录了禅画 90 余幅。并配有诗文，一幅幅活泼可爱肥墩墩的小沙弥禅画，带给喧闹场地中的现代人一份清澈如泉的心境。图书一上市便引起了轰动，在短期内销售 60 万册。他的第二本诗画集《镜子》创造了 150 万册的销售佳绩。

在《风》中，圆性法师通过《出家》、《剃度》、《母亲的眼泪》、《怎样的怀念》、《回想》等作品，刻画了小沙弥的寂寥心情和思乡情怀；《第一次削发》中的小沙弥即将溢出的泪水，流露出了对尘世的眷恋；《木鱼下》、《修行者时节》、《道场》、《禅》等作品描述了童僧的简单的生活故事，在《早课》中这样写道：“清晨黎明时分/晨钟划破黎明/我揉揉双眼/步出了大厅仰望星斗满天/土墙小巷道场渐渐亮起/向着我信仰的如来佛祖/恭敬地献上一炷香/诵经发愿专心地修行”。让读者一起感受僧侣们一天的功课。

他的《镜了》更详尽地描述了修行生活的所感所得，圆性法师笔卜的小沙弥，也明显地随着圆性的长大而逐渐脱离少小时的稚嫩。每一篇都流露出用心灵感知写出来的真性情。

圆性法师在《镜子》自序中说：“生活中稍纵即逝的种种感悟，使我时时有新的体会与感动，心灵也更加开阔。即使书中所写的不是什么文情并茂的内容，或是比别人有独到的见解或体验，但它默默地引导我，去发现真我的本性。或许是真我的本性与毫无虚假、纯洁善良的小沙弥是完全一样的吧。”

据台湾地区媒体报道，圆性法师的出家有因果关系。他自己曾经说过，他之所以在高中时选择出家，有两个原因，一是为母亲还愿；二是他看见自己八世为人，他的前世曾经是印度的婆罗门，曾经是欧洲贵妇，曾经是中国女人，在身为中国人这一世，养了很多小孩，生活十分清苦，虽然八世为人，但每一世都是辛苦的，于是他选择出家修行，既为母亲还了愿，也给自己一个全新的人生历练。圆性法师是否有此一说，无法考证，这也许是媒体炒作圆性法师作品的一种方式。且不说圆性法师出家的原由，他用绘画的方式把出家众僧生活真实的一面，向世人表达出来，是非常成功的。

2002 年 5 月，新疆人民出版社出版了圆性法师的《风》和《镜子》，在版权页上注明“本书中文版翻译权由台湾香海文化事业有限公司免费提供”。

2004 年 7 月，新疆维吾尔自治区新闻出版局下令，对新疆人民出版社出版的《风》和《镜子》两本书进行查缴、销毁。据称原因是，台湾地区佛光山分支机构香海文化公司在未向新闻出版署报送重大选题备案和未报国家宗教事务局审查的情况下，通过非法渠道从新疆人民出版社购得书号，在大陆出版发行了诗画册《风》和《镜子》，新闻媒体报道了新疆人民出版社非法买卖书号的消息。

风动——因风，因心，因一份慈悲……圆性法师的禅画拉近了人与佛之间的距离，让大众了解到佛法的奥妙，盼望着圆性法师笔下可爱的小沙弥尽早以合法的身份通过中国的签证。

2004 年 11 月 30 日于秋缘斋

艺术家吴藕汀的奇言异语

湖州作家张建智向我推荐《药窗杂谈》，他说，这是一部值得一读的书。《药窗杂谈》，吴藕汀著，2008年7月中华书局出版。张建智兄在扉页前题跋曰："余和藕老订交30余年，其音容笑貌宛在心底，那药窗前之恬宁犹如眼前矣。阿滢先生暇时一读 张建智转赠于湖州 戊子年冬日"。

吴藕汀（1913~2005），浙江嘉兴人，号药窗、小钝、信天翁等。词坛名宿、画家、版本目录学家。弱冠时即负才名。1951年，被派往南浔嘉业堂藏书楼整理藏书，遂与嘉兴人失去联系，后退职休养。"文革"期间，靠变卖家什度日，以写作、填词、种药、养猫"闲适乡里"。1973年，吴藕汀的老友沈侗廔（原名沈茹菘）（1919~1989），托人在南浔打听吴藕汀下落。从此两人取得联系，并开始了长达17年的书信来往。沈茹崧曾任安徽阜阳师院美术系副教授，两人信札多为谈论艺术之语。这期间吴藕汀写给沈茹崧的信件多达400余封。沈茹崧去世后，家人将保留下来的300多封信还给了吴藕汀。2000年，吴藕汀回到嘉兴，除作画外，多有著述，主要著作有《词名索引》、《药窗杂谈》、《戏文内外》、《十年鸿迹》、《药窗诗话》、《吴藕汀画集》、《词调名辞典》等。

2001年，吴藕汀的长子吴小汀整理了部分吴藕汀信中谈艺部分，在嘉兴的《秀州文化报》上发表，后在《万象》刊发。2005年，秀州书局以白皮书形式印行100册。本书为吴小汀在原来的基础上重新辑录，增加至14万字。

《药窗杂谈》内容庞杂。谈戏曲，评书画，论经史，说掌故，包罗万象。作者对一些书画、影视、戏剧的评论别出心裁，甚至是惊世骇俗，其中不乏真知灼见，但也有不少奇谈怪论，书中多有惊人之语。

藕公对一些名画家多有否定，对画院派更是嗤之以鼻：“美院中人，大都不是有了天才，才去学画，他们学画是有目的的，就是‘为绘画而绘画’，作为一种职业，这是一种不自然的现象。好比过去小庙里买个小孩子来做和尚一样，没有善根，决不能成为高僧。没有天才，决不能成为一个独特的画家，最多不过是萧规曹随而已。”

“绘画方面，吴作人、程十发不是说他们不好，算他们‘彩墨画’是好的，算他们是‘中国画’，那么真是可怜得很”。“石涛本来没有什么了不起，不过是被日本人捧起来的，其实日本人也不懂什么中国画”。“其实吴昌硕的画也被他们捧得太高了。所以日本人没有眼光，因而书画都没有好东西”。“我在电视中看到四川张大千画展中的画，实在差得很，完全是工匠画，与文人画差得很远很远。我年轻时很崇拜他，现在已烟消云散了也……”

他对徐悲鸿的成见似乎更深：“徐悲鸿的画，只要不说他是中国画，我也很佩服他。可能徐氏自己也不算中国画，被别人瞎捧捧出来的。他的《山鬼》是很好的。我们学中国画的人，总要爱护中国画，不受外来硬搬（消化是好的）的侵袭，这种死搬硬套，应该要加以抵制，而且要口诛笔伐之，不论是谁的画，尤其是一般所谓‘权威人士’，对他更不能姑且，有什么了不起。”“我为什么痛恨徐某人，因为他在西洋画中已有很大的名声和地位，为什么偏偏要来毒害中国画呢？既然要‘拨乱反正’，首先要彻底消除这一类。‘假中国画’比‘假洋鬼子’更讨厌。”

藕公的绘画风格与黄宾虹比较相近，因此对黄宾虹的评价很高：“我看历代山水画家足可以法师者，不过是宋米元章、明董玄宰、近代黄宾虹

3 人而已，其他可不去管他”。“近来我的画，人家见了总说像黄宾老，确实我受宾老的影响最深。其实我与宾老在画法上有分歧，宾老画山水先画轮廓，然后再皴，而我则同时进行。”

藕公对丰子恺却是格外青睐：“我倒佩服子恺先生的画，别具一格，可以说‘前无古人’，当然不敢说‘后无来者’。读他所著的《缘缘堂随笔》比画还佩服”。“丰先生的画和他的小品文我是很佩服的，有人要说我是乡邦观念在作祟也不妨的。”

上述观点只是藕公的一家之言，对于自己的言行，他自己也认为有些怪异：“我近来发了三句怪话：‘一是《红楼梦》不是曹雪芹所著，二是唐伯虎不会画仕女，三是徐悲鸿画马只只错。’人家听了好像有些‘怪’，其实一点儿也不怪，不过是触动‘权威’而已。”老人半生僻居乡野，整日与药草为伴，自己的才识、作品无人认知，那种寂寞是可想而知的。与沈茹菘的通信成了他与外界交流的唯一方式，因缺乏交流，信息闭塞，观点未免偏激。藕公说：“我一生的活动半径是 300 公里。”与外界几乎完全隔绝，他对沈茹菘说：“我与你通信还是继续常例为是，你我头已白，身体也不好，不知还有几多信好通。我经常计算你信来时，那邮递员过门不入，我真有桩心事似的，见到了你信，真是皆大欢喜了也。”张中行晚年曾写《剥啄声》一文，他期盼着剥啄声（叩门声）的响起，他以“风动竹而以为故人来”表示切盼之情。剥啄声“因为他常常能够化枯寂为温暖”，亲朋的叩门声对他来说，竟是那样的美妙。可见人到晚年，孤寂落寞，渴望友情，渴望温暖。对于尘封于乡野几十年的老艺术家来说，我们还能苛求他什么呢？

感谢张建智，让我认识了一位高傲自负、偏执怪异、满腹掌故、可爱有趣的文化老人。藕公在乡下沉寂多年不为世人所知，晚年回归乡里，声名鹊起，日受推重，可谓大器晚成。钱君匋先生谈及藕公，亦称之为“无名国手”。

2008年12月22日于秋缘斋

包立民巧汇《百美图》

《百美图》是由《文艺报》编辑包立民编著的一部图文并茂的随笔集。《百美图》中收集了243位文艺家的自画像，每幅自画像都有文艺家自己或其他名人的题跋，后面是包立民介绍该文艺家的文章。

入围的文艺家中，有画家、雕塑家、篆刻家、美学家、美术理论家，也有戏剧家、作家、诗人、电影导演。全书分上下两卷，1930年前出生者入上卷，1930年以后出生者入下卷，1950年后出生者均不入选。封面由黄苗子题签，1997年8月由山东画报社出版，两册定价60元，我在一旧书摊见之，品相近十品，以15元购得，爱不释手。

文艺家的自画像都非常有个性且风趣幽默。廖冰兄先生有两幅自画像，一幅画了一个虎头鹰身的怪物扑向一个小动物，廖冰兄挥舞手中大笔与之搏斗，并题打油诗曰：胆小偏充好汉，人微妄犯虎威。棒痕鞭印记肤肌，底事不知改悔。只因心肠太软，难容良善遭欺。犹如母鸡护雏鸡，敢与凶顽拼死。另一幅画的是他头扎小辫，胯下骑一根竹竿，另一手执催“马”的枝条。题款曰：77÷10=7.7，但愿年龄除以10，此生还可见小康。天真的样子让人忍俊不禁。

华君武先生的自画像也有两幅，可两幅都没有露出脸来，一幅用双手捂脸，题款曰：“画兽难画狗，画人难画手。脸比手更难，一捂遮百丑。1995年作自画像，时年80。”另一幅是低头洗脚图，题款：“我作漫画人像功夫甚差，画面孔体态无特征的漫画像更难。报刊索我自画像时，只好画两手捂脸状，或作阅报学习状以应付。去年包立民同志又要我自画像，猛追穷寇。作洗脚图塞责。”

著名的书籍装帧艺术家张守义的头像组成了一个“酒”字，在下面又写一“仙”字，成了酒仙二字，右下方是韩羽的题跋：“酒仙，守义。瓶不离手，杯不离口。自诩酒仙，点瘾无有。叶公之龙，张兄之酒。”张守义虽自称酒仙，对白酒却一滴不沾，只是喜欢啤酒，手中从不离酒，即使开会也带着酒。人民文学出版社出版的外国文学名著的好多封面都是张守义设计的，他的风格简捷大方，深受读者喜爱。看了他的自画像，一个一手提啤酒、一手握笔作画的张守义仿佛就在眼前。

在全书200多幅自画像中，关山月的自画像构思最为巧妙，也是《百美图》中唯一一幅没有人像的自画像，画了两座山峰由长城联在一起，中间是一城门楼。端木蕻良在跋语中说：“以自然为写照，现天人合一之法身，洵生面别开之作也。”

《百美图》的作者包立民本身就是画家，因此该书无论装帧设计，还是内文编排都是那么完美。收录书中的艺术家有些已经作古。包立民凭一人之力，耗8年之功，完成这么一项大工程，为中国文艺界做了一大贡献。包立民在《我与〈百美图〉》一文中说起了他创作《百美图》的初衷：“1988年（戊戌）秋，偶然得到了一幅连环画家贺友直的自画像，画幅不大，只有巴掌大小。这幅自画像画得形神兼备，又是他的标本，我请京城老裱工刘金涛裱到一本册页上。由于画像较小，册页上留出2/3的空白来，于是又找贺友直的画友，诗人兼书法家林锴题一首诗。林锴欣然允诺，几天后他送还册页。我打开一看，画的四周洋洋洒洒题了一首书辞并美的散曲，曲词写得好，书法也好，布局更妙。由此我得寸进尺，请锴兄也画自画像一幅。画毕又请黄苗子先生题诗。如此周而复始，雪球越滚越大。”以至于衍生为中国美术史上的皇皇巨著。

2004 年 12 月 14 日夜于秋缘斋

刘运峰和《书林独语》

一本素雅的小书放在案头，在《书林独语》这个充满书香的名字诱惑下，我放下手头的工作，去寻觅作者读书写作的心路历程。

《书林独语》是刘运峰的第一本散文集，2004 年 3 月天津社会科学院出版社出版。前部分记师友，用朴实的语言描述了当年师从范曾、王学仲、孙伯翔、刘向东、朱英瑞等教授学者的学习生活，还有与孙犁的交往，与唐弢的结缘……后部分写的是淘书、读书生活，从题目上就可以看出作者是位十足的书爱家，《乐趣何如淘旧书》、《逛旧书摊的乐趣》、《孙犁著作访读记》、《贵阳买书记》、《春日买特价书记》……刘运峰在自序中说："书籍，不仅给了我许多的知识，更多的是给了我生活的勇气、信心和力量。在我生活困顿、精神苦闷的时候，书籍成了我最好的精神寄托。"

淘书和读书一直是矛盾的，淘来的书，有的要精读，有些粗读，有些只是浏览一下，还有些书不一定去读，只是作为资料留存。几乎所有的书爱家都讨厌别人问，这些书你都读了吗？对于买书，刘运峰有自己的见解："买书本身就是一种乐趣、一种爱好、一种追求、一种人生态度、一种生活方式。买书的时间一长，就会上瘾，就会体验到别人所无法体验的乐趣。"爱书的人都会有这种"淘书瘾"，正因为那种不可言传的乐趣，才会使得众多的书爱家乐此不疲，如醉如痴。

刘运峰不但是书爱家，还是一个鲁迅研究专家。结识刘运峰是一个机缘。济南书友徐明祥打电话问我，写书话《〈鲁迅序跋集〉的出版》的秋声是谁？我说是我。我平时发表作品一般都用笔名阿滢，秋声这个笔名是很少用的。他说，《鲁迅序跋集》的编者刘运峰是自牧的朋友，在天津工作。自牧是一级作家，《日记报》主编，曾出版有《百味集》、《抱香集》、《疏篱集》、《淡墨集》等10余部著作，也是我新结识的朋友。我马上给自牧打电话，问了刘运峰的地址后，把发表有《〈鲁迅序跋集〉的出版》的那期报纸给刘运峰寄了去。刘运峰看到报纸后，给我寄来了《书林独语》和他编的一部研究书法家孙伯翔的理论文集《孙伯翔论》。

他在信中说："此文你下了很大的功夫，资料翔实，对我很有帮助，你的建议非常好，倘有再版机会，我当把存目部分补入，同时把原来遗漏的部分也一并收录，王冶秋先生编的《鲁迅序跋集》当时已排出了清样，因上海沦陷而未能出版，中华人民共和国成立后，巴金先生将这部清样交给了人民文学出版社王仰晨先生，王先生又转给了鲁迅博物馆，我在编此书时很想找这部清样参考一下，顺便也想把许广平、王冶秋的序跋收进去，可惜的是鲁迅博物馆查不到，不知何故，只能再继续寻找线索……《序跋集》中有一个明显的错误，即565页，倒数第3行，应为'吾侪好事'，此字误了几十年，我也随着错下去，最近修订全集，根据魏建功的抄稿校了出来。"

刘运峰当过教师、编辑，是一个业余鲁迅研究专家，根据自己多年的研究成果，出版了《鲁迅佚文全集》、《鲁迅序跋集》、《鲁海夜航》等书。他多年来仔细研究1981版《鲁迅全集》，针对其中校勘、注释等方面的错误作了100多万字的笔记资料。他曾想把这些材料单独出版，人民文学出版社得知后，马上派人与他商谈，他把手中的所有资料贡献给了《鲁迅全集》修订委员会，为《鲁迅全集》修订工作提供了巨大的帮助。人民文学出版社召开《鲁迅全集》修订工作座谈会，会议参加者都是"鲁研界"知名专家学者，刘运峰也在被邀之列。

自牧说，刘运峰还是一位书法家，是中国书协会员。从刘运峰在《书林独语》扉页上的小楷签名，就可以看出他的非凡功力。他给我的信也是用小楷写在宣纸上的，信的本身就是一幅值得珍藏的精美的书法作品。

刘运峰说，我信命，我相信自己一生的命运离不开书。对一个书爱家来说，在温饱之余，有钱买书，有书可读，复有何求呢？

2005 年 5 月 16 日于《泰山周刊》编辑部

纽约书市一蠹鱼

《书人》编辑萧金鉴兄寄来一本《纽约寻书》，在扉页题跋："纽约寻书不辞远，悦读无处不销魂。阿滢卧读，金鉴于盛夏长沙。"《纽约寻书》，李广宇著，1998 年 12 月国际文化出版公司出版，书分"拣叶书园"、"鱼庵书话"、"书话识小"、"读风心解"、"蠹鱼漫记"和"纽约寻书"6 辑，单看目录，便篇篇想读，连读几篇却又不忍心一口气读完，就像鲜美的食物要一点点慢慢品味。

李广宇的名字并不陌生，我的书斋里藏有他编著的《书文化大观》(1994 年 4 月中国广播电视出版社出版）一书，那是他在大学攻读研究生时，学习之余的副产品，洋洋洒洒 40 万字，是一部关于书的小百科全书，姜德明先生在《序》中赞曰："先看篇目就很吸引人，至少在我们的书店里还找不到这样一本有知识，也很有趣味的书。"

作者在美国求学一年，书中大部分篇什写于纽约，篇末的《纽约寻书记》即为在纽约的淘书日记，作者在求学之余，走遍纽约的大街小巷，四处访书，淘到了很多在大陆难以见到的港台地区版图书。

在美国买书特别的贵，一般书都在 10 美元以上，有的达到二三十美元，店员的服务态度也差，闭路电视监控不算，还看贼似的盯着，当好不容易拣了一些书再去别处淘时，回来已经给插架了，只好重新寻找，在一家书店见到了约瑟夫 · 布鲁门瑟尔所著的《印本书的艺术》，16 开巨册，所附书影之多，印装之精美，让人目瞪口呆，但看到 50 美金的定价，也只能望书兴叹。

失书之痛几乎每个爱书人都经历过，当他心爱的《知堂书话》被人拿走上册后，“一对孪生兄弟连理枝折，死别生离，怎不让人望眼欲穿，肝肠寸断?”竟“连连做梦，梦见此书乃友人借读，有望归还。醒来知是梦中，便怅然，怅然，好一个苦涩的梦醒时分。”

古人云：“借书一痴，还书一痴。”意思是说，把书借给别人是傻子，借别人的书而归还的人更傻。李广宇当年为写专栏从编辑处借了一套叶灵凤的《读书随笔》，阴差阳错一直没有归还，他心里一直记着这个书债。后来竟得出了另一结论：“要不是这笔书债，我何以能如此牵挂吴君？怕早已天各一方，相忘于江湖了。”

这册小书，共收书话104篇，除《纽约寻书记》较长些外，其余皆为千字文。这也是为报纸开专栏的结果，写专栏文字受字数限制，不能展开写，只能简单地介绍一个人、一本书或一件事。王稼句新出版的《看书琐记》中的文章则自由的多，出版社约稿时只要求谈书，但对谈什么书，怎么谈书，并无规定，于是篇幅可以放开来写，因此这部10万字的书，文章却只有20篇，读起来也相当过瘾。而《纽约寻书》中的《知堂书话》一文2000余字，还分为一二两部分。

书中“读凤心解”一辑是专写叶灵凤的，其中有《叶灵凤与鲁迅》、《叶灵凤与郁达夫》、《叶灵凤与潘汉年》等17篇。李广宇对叶灵凤的偏爱超过了任何一位作家，他执意搜求叶灵凤的作品，在纽约的唐人街，淘到了数量可观的叶灵凤的著作，又从哥伦比亚大学图书馆的旧书库里，复印了叶灵凤不少的绝版文章。“很长一段时间，叶灵凤充斥了我整个梦境，翻开任何一页出版物，只要出现叶灵凤三个字，都会放电一般对我产生一种勾魂摄魄的力量。”（《想起了叶灵凤》）爱屋及乌，写到香港沦陷后，叶灵凤为日本人编辑《新东亚》、《大同》等杂志时，还说“他以苏武自况，以隐晦的笔法，写了不少寄故国之思，扬民族大义的作品。”很难想象曾参与创办《救亡日报》的叶灵凤落水后还能写出“扬民族大义的作品”。后来李广宇写了一本《叶灵凤传》（河北教育出版社 2003 年 5 月出版），在其《后记》中写道：“写完《叶灵凤传》的最后一句，我禁不住掩面而泣；叶灵凤没能实现他为所喜爱的比亚斯莱作传的愿望，而我的这个心愿竟终于实现了；我的落泪，是为灵凤，也是为自己。”作者对知堂的态度则不一样了，他对知堂的作品“说实话，很是喜欢……他那‘污点’，任凭书写得再好，也还是抵消不过的”。（《知堂书话》）爱也往往会出现偏差。

李广宇淘书回到家，便把所淘之书，悉数放到几案，倒一杯可乐，燃一支香烟，一本本细细欣赏，完全陶醉于书的世界。读了一会儿，便拿起杯子一饮而尽，喝到最后，感觉味不对，仔细一看，杯底全是烟灰，而烟灰缸里却空空如也。真乃书痴也。

2006 年 9 月 1 日夜于秋缘斋

跨国书缘

说来惭愧，当朋友向我推荐被誉为“爱书人圣经”的《查令十字街 84 号》时，我竟不知道有这部书，我到网上去查找《查令十字街 84 号》，看了恺蒂的序《书缘·情缘》，但我克制自己，没有继续读下去，我要享受在床上卧读的那种幸福。电子读物和纸质读物不同，在网上阅读和在寂静的夜里打开床头灯读书的那种感觉也是不同的。热心的朋友马上到书店买了，给我挂号寄来。

《查令十字街 84 号》腰封有段广告：“它被译成数十种文字流传，广播、舞台和银幕也钟情它，那家书店的地址——查令十字街 84 号已经成了全球爱书人之间的一个暗号。30 多年人们读它、写它、演它，在这段传奇里彼此问候，相互取暖。”我终于经不住诱惑，没有等到晚上卧读，整整一个下午，没有迈出办公室半步，都在查令十字街 84 号马克斯与科恩书店里等候海莲的邮件。

这是一部书信集，记录了纽约女作家海莲与伦敦一家旧书店之间的书缘、情缘。海莲是一位靠编写剧本为生、生活窘困的落魄独身女作家，她在杂志上看到伦敦旧书店的一则经营绝版书籍的广告，便与之联系不断地从该店邮购旧书，遂与马克斯与科恩书店主管弗兰克结缘。

海莲的书信活泼、幽默，而弗兰克的信件则比较拘谨，是因为他们的商业信函都要作为书店的资料存档的，这些书信一开始只是普通的商业信函，随着时间的推移，交往的深入，渐渐地注入了情感，他们便去掉了先生、小姐之称谓，而直接称亲爱的弗兰克、亲爱的海莲了。可以想象得出，当发出邮件后，翘首以待对方信函的焦虑、期待心情，以及收到信后，急不可待地撕开信封，阅读来信的幸福和快乐。以致弗兰克去世后，弗兰克太太给海莲的信中说："不瞒您说，我过去一直对您心存妒忌，因为弗兰克生前如此爱读您的来信……"现在的电子邮件取代了信函，手指轻轻一点，邮件就会出现在万里之外的屏幕上。但这种邮件都是电报体，连问候、落款几乎都是统一的，已无法让人真实地体会到反复展读书信的快乐。这也许是一些人拒绝电脑、坚持手写书信的缘故吧。弗兰克与海莲通信20年，海莲的购书款也都是随信夹带的，却从来没有丢失过，她说："我对美国邮政和皇家邮政有十足的信心。"这在中国是不可想象的！

海莲是一位典型的书虫，即使在图书馆读书，也在不属于自己的书上作长长的眉批。她看惯了用惨白纸张和硬纸板印制的美国书籍，第一次收到从英国寄来的书，她高兴地说："我简直不晓得一本书竟也能这么迷人，光抚摸着就叫人打心里头舒服。"尽管生活贫困，住在一幢白蚁丛生、摇摇欲坠、白天不供应暖气的老公寓里，就连书架也是用水果箱改制的，但她还是不断地邮购图书，当收到从伦敦寄来的《大学论》的首版书时，她写信给弗兰克说："我把它端端正正地摆在案前，整天陪着我。我不时停下打字，伸手过去，无限爱怜地抚摸它。倒不全然因为这是首版书，主要是打出生起我从没见过这么标致的书。拥有这样的书，竟让我油然而生莫名的罪恶感。它那光可鉴人的皮装封面，古雅的烫金书名，秀丽的印刷铅字，它实在应该置身于英国乡间的一幢木造宅邸，由一位优雅的老绅士坐在炉火前的皮制摇椅里，慢条斯理地轻轻展读……而不该委身在一间寒酸破公寓里，让我坐在蹩脚的旧沙发上翻阅。"得到一部美轮美奂的书，在令人沮丧的环境中，她竟不忍心去翻读了。

海莲喜欢读旧书，当她邮购到一本《哈兹里特散文选》时，见扉页上写着"我厌恶读新书"时，竟不禁对那位未曾谋面的前任书主肃然高呼：

"同志!"看到编选粗糙的《新约全书》时，不免大发牢骚，"他们平白糟蹋了有史以来最优美的文字"。收到《佩皮斯日记》后，她给弗兰克写信发火："这只是哪个没事找事做的半吊子编辑，从佩皮斯日记里东挖西补、断章取义，存心让他死不瞑目！真想啐它一口！"

海莲了解到英国战后经济困难，每户每星期配给两盎司肉，每人每月只分得一只鸡蛋时，马上寄去了6磅重的火腿，让弗兰克分给书店里的同事们。以后，又源源不断地向英国邮寄肉、罐头、鸡蛋等，这都是英国人久未看到，或是偶尔能在黑市上匆匆一瞥的食品。弗兰克和同事感到无以回报，便买了邻居老太太手工刺绣的一块桌布给海莲寄去，海莲如获至宝。弗兰克及书店的员工都把海莲当成了自己的亲人，纷纷给海莲写信，并猜测着海莲的样子。弗兰克在信中说："如果有一天你来伦敦，橡原巷37号会有一张床给你，你爱待多久便待多久。"海莲把查令十字街84号的马克斯与科恩书店也当成了"我的书店"，一心想去访问，由于手头拮据而未成行。海莲的朋友金妮与埃德去英国旅行时顺便访问了查令十字街84号，得知是海莲的朋友，受到了书店员工的热情接待。

对于海莲的率真、善良、慷慨，弗兰克只有默默地到乡间搜寻待售的藏书，到一些豪宅去寻觅一部部珍本，每每收到好书，马上给海莲写信，把书描述一番，估计海莲需要的书，都预先保留起来。20年来，他们的交往已经超出了购书者与书商之间的关系，相互支持，相互依赖。海莲在给弗兰克的信中说："这个世界上了解我的人只剩你一个了。"尽管书信中除了习惯性"亲爱的"那种在外国很平常的称谓外，没有出现一个"爱"字，更是一种升华了的情感。

人生就像一场戏剧，一切都像设计好了一样。1969年1月，一个天气寒冷的日子，海莲收到了一个书写格式与往常不同的邮件，而这封来自伦敦的邮件却给海莲带来更加寒冷的消息，那是弗兰克的死讯。海莲写信给朋友说：“如果你正巧经过查令十字街 84 号，代我献上一吻，我亏欠它良多……”

当海莲终于踏上伦敦的土地，出现在查令十字街 84 号时，她说：“我来了，弗兰克，我终于来了。”书店已是空空荡荡……

假若弗兰克没有去世，假若他们可以时常见面，这部书就没有意义了，也不会打动任何人。正因为他们缘悭一面，才使人产生了一种刻骨铭心的痛。

这跨国书缘，后来被拍成电影、电视剧、舞台剧，在伦敦演出，经久不衰。

2007 年 6 月 17 日夜于秋缘斋

后 记

对于写作者来说，编选自己的集子是一件快乐的事。只用了一天时间，就编好了这本书，之后是漫长的等待，时隔半年，当渐渐失去耐心的时候，才接到签订出版合同的通知，这才着手撰写后记。我平时读书习惯先读序跋，序跋往往会透露出文本之外的信息。因而，我的每一本书都有一个或短或长的序文或后记。

与以往的散文集不同，这本集子全是写人的篇什。从我所写的人物也可以看出我的兴趣所在。我对胡适、林语堂、郁达夫、朱自清、梁实秋等新文学运动时期的文坛人物有着非同寻常的浓厚兴趣。余生也晚，没有赶上新文学运动的热潮，只能千方百计地搜寻他们的著作，从故纸堆里去寻觅他们的足迹，从作品中去感知先贤们的内心世界。无论搜寻、阅读，还是品味，都是一个愉快的过程，每每读到拍案叫绝之处，更能体验到一种只可意会不可言传的幸福感。

有书的日子不会寂寞，与书相伴充实而又温馨，整日浸淫其中，自得其乐。但如果只做两耳不闻窗外事的书生，久而久之就会成为书呆子，变成两脚书橱。书斋是书生的充电室，也是书生的避风港，读进书里，也要走出书外，所读之书才能派上用场。走出书斋后，我结识了更多的爱书人，有李济生、谷林、来新夏、黄裳、袁鹰、文洁若、丰一吟等腹笥充盈的文化耆宿，有马旷源、龚明德、徐雁、伍立杨、罗文华等才华横溢的作家、学者，有王国华、周春、朱晓剑、眉睫等青年才俊……时常相互赠书，写信，间或电话问候。秋缘斋里藏有他们的著作、信札、图片，与他们的每一次交流，均大有裨益，偶有所感，便记录成文，刊布于各地报刊，集腋成裘，汇成了这组文字。

本书原名《纸鱼噬书》，编辑改为《那一树藤萝花》，真的应该感谢编辑，看到这个名字，就使我想起对我有知遇之恩的孙永猛先生，他是一位作家，还是一位不合时宜的官员，误入仕途或许是他英年早逝的原因。秋缘斋里一直悬挂着他的遗墨："锲而不舍，金石可镂"，看到它就像看到孙永猛那和蔼的目光，催我上进，使我不敢有丝毫的懈怠。

我所取得的每一点微小的成绩都是师友们关注、支持、鼓励、鞭策的结果。因而，对师友们，我怀有敬慕感恩之心。这本书也是在大家的关怀帮助下完成的，谨将此书献给我所敬重的每一位师友！

2010 年 5 月 15 日于秋缘斋